에리히 캐스트너 박사가 시로 쓴 가정상비약

마주 보기

마주보기 - 에리히 캐스트너 박사가 시로 쓴 가정상비약

초판 1쇄	찍은 날 2021년 7월 12일
초판 1쇄	펴낸 날 2021년 7월 19일
지은이	에리히 캐스트너
옮긴이	정상원
발행인	육혜원
발행처	이화북스
등 록	2017년 12월 26일(제2017-0000-75호)
주 소	서울특별시 마포구 월드컵북로 400 서울산업진흥원 5층 15호
전화	02-2691-3864
팩스	031-946-1225
전자우편	ewhabooks@naver.com
편집	함소연
디자인	책은우주다
마케팅	임동건
ISBN	979-11-90626-13-2 (03850)

마주보기

에리히 캐스트너 박사가 시로 쓴 가정상비약

에리히 캐스트너 지음

정상원 옮김

이화
북스

눅눅해진 영혼을 바싹 굽고 싶을 때
꺼내 먹는 시

오래전부터 나는 이미 발표한 시와 아직 발표하지 않은 시들 중에서 선별해 손에 쉽게 잡을 수 있는 크기의 책으로 출간할 계획을 세웠다. 나는 이전부터 마음을 치료할 수 있는 시를 쓰려고 노력해 왔고, 이러한 내 바람과 반대되는 시, 즉 개인적인 기분과 견해를 알리는 데 그치는 시는 피해 왔다. 나는 몇 년 전부터 이러한 '가정상비약과 같은 시'가 있으면 좋겠다고 생각했다. 마음의 통증을 치료해 주는 시, 일상에 지치고 상처 받은 사람들을 어루만져 줄 수 있는 시 말이다.

우리는 두통이 생기면 두통약을 먹고, 속이 불편하면 소화제를 먹는다. 목이 아플 땐 가글 액으로 입을 헹군다. 가정상비용 약상자에는 그 외에도 안정제, 반창고, 연고, 페퍼민트 차, 붕대, 옥도정기, 해열제 등이 들어 있다. 하지만 약이 도움이 되지 않을 때도 있다. 방 안에 혼자 앉아 달랠 길 없는 외로움에 시달리는 사람이나 춥고 적막한 가을밤을 보내는 사람은 어떤 약을 먹어야 한단 말인가! 질투심이 목을 조여 온다면 어떤 처방을 받아야 하는가? 삶에 지친 사람은 무엇으로 입을 헹구어야 하는가? 결혼 생활이 파탄이 난 사람에게 따뜻한 찜질이 도움이 될 것인가? 전기방석으로 어떻게 마음을 달랜단 말인가? 외로움과 실망 그리고 마음의 상처를 달래는 데에는 다른 약이 필요하다. 몇 가지만 예로 든다면 유머, 분노, 무관심, 아이러니, 명상, 과장 등이다. 이들은 독소를 제거하는 역할을 한다. 하지만 어떤 의사가 이들을 처방해 준단 말인가? 그리고 어떤 약사가 이들을 병에 담아 줄 수 있단 말인가?

이 책은 일상을 살아가면서 우리가 겪는 마음의 통증을 치료하고자 한다. 이 책은 유머, 분노, 무관심, 아이러니, 명상, 과장 등과 같은 유사 치료제를 이용해 일상의 크고 작은 어려움을 이겨 내도록 돕는다. 따라서 이 책은 마음의 약이며, 그 역할에 맞게 '가정상비약'이라는 제목을 달고 있다. (유사 치료제에 대해 덧붙인다면, 화살을 표적에 맞히는 것이 허공으로 날리는 것보다 훨씬 더 의미 있는 일이 아니겠는가.)

복용법이 없는 약은 — 이것 역시 언급하지 않을 수 없다 — 약이 없는 복용법만큼이나 소용없다. 사용 지침서나 복용법이 없는 가정상비약이 무슨 의미가 있겠는가? 아무런 의미가 없다! 그렇다면 가정상비약은 독약이 되고 말 것이다!

따라서 나는 이 들어가는 글 뒤에 사용 지침서를 덧붙였다. 독자들은 삶에서 생기는 장애를 줄이거나 없애고 싶을 때마다 이 사용 지침서를 이용하기 바란다. 모든 경우를 다 담고 있지는 않다. 자신과 주변 사람들을 괴롭히는 계기가 너무 많아서 불과 몇 페이지에 모두 언급할 수 없기 때문이다.

그럼에도 이 목록에 처방된 시는 많은 경우에 도움이 될 수 있을 것이다. 이 책을 주머니나 가방에 넣고 다니시길! 그리고 어려움이 생길 때마다 꺼내 읽으시길! 다른 사람의 글에서 자신의 근심과 격정이 표현된 것을 보는 일도 상처를 치유하는 데 도움이 된다. 표현도 치료의 한 방법이기 때문이다.

다른 사람들도 우리와 다르지 않으며 형편이 더 낫지 않다는 사실을 아는 것도 치료에 도움이 된다. 하지만 때로는 우리가 처한 상태와 정반대의 경우를 공감해 보는 것도 마음에 안정을 준다. 표현, 일반화, 반론, 패러디, 그리고 여러 기준과 다양한 느낌들은 검증된 치료 방법이다. 그리고 사용 지침서는 이러한 치료 방법을 모두 포함하고 있다. 카타르시스는 그 발견자보다 오래되었고 해석자보다 더 유용하다. '시로 쓴 가정상비약'이 목적을 달성하기를 소망한다!

자, 이제 복용해 보라!

차례

사용 지침서

이럴 때 꺼내 드세요!

덫에 걸린 쥐에게

또는 자유와 기독교

원을 긋고 달리면서 빠져 나갈 구멍을 찾느냐?
헛일이다! 깨달아라!
정신 차려라!
탈출구는 하나뿐이다:
네 안으로 파고 들어가라!

기차 여행

우리는 모두 같은 기차를 타고
시간을 가로질러 여행한다.
이제 창밖을 보는 사람도 있고 이미 볼 만큼 본 사람도 있다.
우리는 모두 같은 기차를 타고 간다.
얼마나 멀리 가는지 아무도 모른다.

잠에 빠진 사람, 불만을 늘어놓는 사람,
끊임없이 떠드는 사람.
역 이름을 알리는 방송이 나온다.
목적지도 없이
세월을 가로질러 달리는 기차.

누군가는 짐을 풀고, 누군가는 다시 짐을 싼다.
누구도 목적지를 알지 못한다.
내일 우리는 어디를 지나게 될까?
역무원은 객실 안을 들여다보며
혼자 미소 짓는다.

그도 어디로 가야 할지 모른다.

그는 침묵하다가 객실을 떠난다.
요란하게 울리는 기적 소리!
서서히 멈춰선 기차.
죽은 사람들이 기차에서 내린다.

어린아이도 한 명 기차에서 내린다.
어머니가 울부짖는다.
죽은 사람들은 말없이 과거의 플랫폼에 남겨지고
기차는 다시 시간을 가로질러 달린다.
왜 달려가는지 아무도 모른다.

일등칸은 거의 비어 있다.
뚱뚱한 사람이 빨간 융단 시트에 당당하게 앉아
가쁜 숨을 내쉬고 있다.
그는 혼자이고 혼자라는 사실을 피부로 느낀다.
다른 사람들은 대부분 나무의자에 앉아 있다.

우리는 모두 같은 기차를 타고
희망에 부풀어 현재로 여행한다.
이제 창밖을 보는 사람도 있고 이미 볼 만큼 본 사람도 있다.
우리는 모두 같은 기차를 타고 간다.
엉뚱한 객실에 타고 있는 줄도 모른 채.

냉정한 로맨스

사귄 지 8년이 되었을 때
(하여 서로를 정말 잘 아는 사이라고 말해도 되리라),
그들은 갑자기 사랑을 잃어버렸다.
곁에 있던 지팡이나 모자를 잃어버린 것처럼.

그들은 슬펐지만 애써 밝은 표정을 지었고
아무 일도 없었던 것처럼 키스를 하고
서로를 쳐다볼 뿐, 어찌할 바를 몰랐다.
여자가 끝내 울음을 터뜨렸다. 남자는 그저 옆에 서 있을 뿐.

창문 너머로 지나가는 배에 손짓하는 사람이 있었다.
벌써 4시 15분,
커피 마시러 갈 시간이 되었다고 남자는 말했다.
옆방에서는 누군가 피아노 연습을 하고 있었다.

두 사람은 근처 자그마한 카페로 들어가
찻잔을 저었다.
저녁이 되어도 그들은 여전히 자리를 지키고 있었다.
텅 빈 카페에 앉아 아무 말도 하지 않았다.
어쩌다 이렇게 되었는지 도무지 알 수 없었다.

호텔에서 부르는 남자 솔로곡

내 방이지만 내 것은 아니다.
나란히 놓인 두 개의 침대.
하지만 나에게는 하나면 족하리.
또다시 혼자가 되었기 때문이다.

트렁크는 하품을 한다. 나도 피곤하다.
당신은 나와는 상당히 다른 남자에게로 갔고
나는 그 남자를 잘 안다. 그와는 행복하길.
하마터면 나는 당신과 그 남자가 맺어지지 않기를 바랄 뻔했다.

아니, 나는 당신을 보내지 말았어야 했다!
(나 좋자고 이런 말을 하는 건 아니다. 난 혼자인 게 좋다.)
하지만 여자가 잘못된 길로 들어서고자 작정한다면
방해해선 안 되겠지.

세상은 넓다. 당신은 길을 잃고 헤매게 되리라.
너무 오랫동안 헤매지 않았으면……
오늘밤 나는 취하도록 술을 마시며
잠깐 당신의 행복을 빌 것이다.

슬퍼할 용기

슬플 땐 슬퍼하라.
자꾸만 마음을 다잡으려 하지 말라!
슬픔은
당신의 소중한 생명을 갉아먹지 않는다.

견진성사를 받는 소년의 사진

양복을 입고 선 모습이
어딘지 불편해 보인다.
마치 아픈 사람처럼.
아마도 자신이 무엇을 잃어버렸는지 예감하는 것이리라.

처음 입어 본 긴 바지
처음 느껴 보는 빳빳한 셔츠의 감촉
아무래도 어색한 자세
처음으로 자신이 낯설어진다.

심장은 쿵쾅거리고
서 있지만 붕 떠 있는 느낌이다.
이제 미래는 온전히 자신에게 달려 있다.
번개라도 친 듯 겁먹은 표정이다.

소년을 괴롭히는 것이 무엇인지
이렇게 설명할 수 있으리라:
어린 시절은 죽었다. 이제 그는 슬픔을 떠안는다.
하여 검은 양복을 선택했다.

그는 걸어온 길과 걸어가야 할 길 그 사이에 서 있다.

그는 어른도 아니고 아이도 아니다.

이제 인생이 시작되는 것이다.

내일 아침이면 그는 첫발을 내딛게 되리라.

• 가톨릭에서 세례를 받은 신자에게 새롭게 성령과 은총을 주어 신앙을 성숙하게 하는 성사를 견진성사라고 부른다. 개신교에서도 이와 비슷한 의례로 입교식을 치른다. 독일에서는 관례적으로 만 14세 전후에 견진례를 치르는데, 교회에서 성인 대접을 받게 된다.

아무도 너의 얼굴 속까지는 들여다보지 않는다 I
(담대한 사람을 위한 버전)

아무도 네가 얼마나 가난한지 모른다……
이웃 사람들은 제 코가 석 자라
너의 기분이 어떤지
물어볼 시간도 없다.
물어본다면 ─ 대답이라도 하겠는가?

너는 씁쓰레 웃음 지으며
괴로운 짐을 보지 않으려 등에 짊어진다.
하지만 짐은 등이 휘도록 너를 짓누르고
끝내 너는 웃음을 멈춘다.
그저 도움이 되는 건 의지할 지팡이뿐이다.

그렇다고 비관주의자는 되지 말라.
사람들과 이야기할 땐 웃어라.
아무도 너의 얼굴 속까지는 들여다보지 않는다.
아무도 네가 얼마나 가난한지 모른다……
(다행히도 그건 너 자신도 모른다.)

아무도 너의 얼굴 속까지는 들여다보지 않는다 II
(소심한 사람을 위한 버전)

아무도 네가 얼마나 부유한지 모른다……
물론 내가 여기서 말하는 부는
유가 증권이나
빌라나 자동차나 피아노 등
아주 비싼 건 아니다.

내가 지금 말하려는 건
눈에 보이고 세금을 매길 수 있는 부가 아니다.
제아무리 계산해도
셀 수 없는 가치가 있다.
그 어떤 도둑도 훔칠 수 없는 가치가.

인내심은 바로 이러한 보물이다.
혹은 유머와 친절 그리고
다른 좋은 감정들도 그렇다.
우리 마음에는 이 보물들을 간직할 자리가 많다.
마치 요술 봉지처럼.

감정이 얼마나 많은 부를 약속하는지
깡그리 잊은 사람만이 가난하다.
아무도 너의 얼굴 속까지는 들여다보지 않는다.
아무도 네가 얼마나 부유한지 모른다……
(그건 너 자신도 가끔 모를 때가 있다.)

야심가

젊은 시절부터 노년에 이르기까지
살인적인 인내심과 사력을 다해
그는 펜대에 매달려 높이 기어올랐다.
달리 할 일도 없었다.
선조들이 원시림에서 기를 쓰고 기어올랐던 것처럼
그는 문화의 숲에 사는 원숭이다.

묘지의 노파

죽음을 기다리기라도 하는 것처럼
그녀는 매일 이곳으로 와서는
저녁까지 앉아 있다.
마치 여기가 집이라도 되는 양.

그녀는 이곳에 있는 묘비를 모두 잘 알고 있다.
그녀는 이곳에 있는 울타리 창살도 모두 잘 알고 있다.
그리고 그녀는 저녁까지 홀로
자신의 무덤에 쪼그리고 앉아 있다.

찬송가 소리가 희미하게 울려 퍼지면
새 무덤 앞에서 흐느껴 울던 사람들이
숙연한 자세로
가로수 길을 걸어간다.

노파는 가만 앉아 있다.
신앙심이 있어서도 아닌 것 같은데
말없이 쪼그리고 앉아 매일
"죽음아, 이제 오너라!"고 기도한다.

감정의 반복

어느 날 그녀가 돌아왔다……
그녀는 다시 본 그가 상당히 창백하다고 생각했다.
그가 바라보자,
그녀는 자신도 상태가 좋지 않다고 말했다.

내일 저녁
알고이나 티롤로 다시 떠난다고 하면서.
처음에 그녀는 내내 표정이 밝았다.
나중에 그녀는 기분이 좋지 않다고 말했다.

그는 애써 그녀의 머리카락을 쓰다듬었다.
한참 후 그는 침착하게 물었다. "울고 있어?"
그들은 지난날을 생각했다.
이렇게 이전처럼 종말을 고했다.

이튿날 깨어났을 때
그들은 전에 없이 서로 낯설었다.
대화를 나누고 웃긴 했지만
거짓말로 둘러댔다.

저녁 무렵 그녀는 떠나야만 했다.
그들은 손을 흔들었지만 그저 손짓일 뿐,
마음은 알고이행 열차의
철로 위에 놓여 있었다.

우연한 정산

그는 돈이 많았다.
호텔에서 가장 비싸고 가장 좋은
술과 음식을 마시고 먹었다.
그는 유흥을 즐기며 마시고 먹었고
웨이터와 다른 손님들에게
술잔을 들고 건배했다.

꽃을 팔러 온 여자에게서 꽃을 받아들고
지폐 2장을 건넸다.
장미는 붉고 차가웠다.
그가 30마르크나 지불하자
꽃 파는 여자는
울기 시작했다.

6인조 밴드는
그에게서 200마르크를 받았다.
밴드는 녹초가 되도록 연주했다.
그는 급사와 보조원,
여종업원과 댄서에게도

마구 돈을 뿌렸다.

그는 계산서도 제대로 보지 않았다.
그는 지폐 몇 장을 내던지고
호텔을 빠져나왔다.
댄서와 급사 그리고 웨이터들이 감동해
우르르 따라 나왔다.
그들 모두 그를 좋아했다!

그는 기뻐하며 말했다.
"이제 됐어요."
그리고 맡겨 두었던 외투와 모자를 받아들었다.
옷 보관소 종업원이 말했다.
"보관료는 30페니히입니다!
설마 그냥 가시려는 건 아니죠?"

그는 걸음을 멈추고 웃으며 돈을 찾았지만
한 푼도 남아 있지 않았다.
그는 옷 보관소 종업원에게 돈을 줄 수 없었다.
꽃 파는 여자와 댄서
웨이터와 급사는
외면한 채 옆에 서 있었다.

그는 도움을 청하는 표정으로 주위를 둘러보았다.

모두들 마치 그가 그 자리에 없기라도 한 것처럼

굳은 자세로 말없이 서 있었다.

그러자 그는 재빨리 외투를 벗어 종업원에게 던져 주고

호텔을 빠져 나왔다.

그리고 혼잣말을 했다. "어쩔 수 없지 뭐."

숙명

숙명:
임신과 장례식 사이에 있는 건
고난

빨래 건조장과의 재회

얼마나 이런 장소들은 비슷한가.
얼마나 서로 꼭 닮았는가.
바지랑대, 빨랫줄, 빨래, 빨래집게, 바람,
그리고 표백하는 풀밭,
이 광경을 보면 우리는 다시 아이가 된다.

얼마나 기억을 떠올리고 싶은지.
빨래가 너무 무거워 투덜거리던
내가 수레를 밀면 어머니는 앞에서 끌었지.
역 바로 앞 정원으로 휘어 들어가는
그 좁은 골목길의 이름은 무엇이었던가?

그곳에 내가 말하는 숲이 있었네.
그곳에서 우리는 빨래 광주리를 벤치 위에 올려놓고
늘어선 빨랫줄에
빨래를 널었지.
바람과 빨래가 서로 싸움을 벌이던 그곳.

나는 풀밭에 앉았고 빨래는 하얀 천막 같이 출렁거렸지.
나를 남겨두고 집에 다녀오신 어머니는
커피와 돈을 가지고 오셨고
나는 이 신비로운 세계에서
간식으로 먹을 케이크를 샀지.

셔츠는 마치 빨랫줄에서 내려와 우리와 함께 먹으려는 듯
이리저리 움찔거렸네,
햇빛은 반짝였고 양말은 길게 널려 있었지.
아, 나는 이 모든 걸 생생하게 기억하고 있고
결코 잊지 못하리라.

얼굴 바꾸는 꿈

지금 내가 이야기하는 건 꿈에서 본 광경이라네.
수천 명의 사람들이 집으로 들이닥쳤지.
누군가가 명령이라도 한 것처럼
자신의 몰골이 역겹다는 듯
모두 얼굴을 벗어던졌지.

이사할 때 벽에 걸린 그림을 떼어내듯이
우리는 모두 얼굴을 떼어냈지.
무도회가 끝난 뒤 가면을 벗어 손에 들듯이
우리는 얼굴을 손에 들었지.
그곳은 무도회장처럼 화려하진 않았네.

입도 눈도 없이,
그림자처럼 창백한 사람들이
옆 사람의 손에 있는 얼굴을 빼앗아 달았네.
얼굴 바꾸기는 소리 없이 빠르게 진행되었고
누구나 다른 사람의 얼굴을 얻었지.

갑자기 어린아이의 얼굴을 갖게 된 남자들
수염 난 얼굴을 한 여자들
요부처럼 교태를 부리며 웃는 노파도 있었지.
우리는 모두 거울 앞으로 몰려갔지만,
나는 나를 알아볼 수 없었네.

사람들이 점점 더 거칠게 밀려들었고
누군가 자신의 얼굴을 발견했네!
그는 얼굴을 찾아 소리치며 군중을 뚫고 나갔지.
그는 자신의 얼굴을 구석으로 몰았지만
결국 찾지 못했네. 얼굴이 숨어 버린 탓이지.

나는 머리를 길게 땋아 내린 저 아이였던가?
나는 저기 붉은 머리를 한 부인이었던가?
나는 대머리였던가?
뒤섞인 사람들 속에서
원래의 내 얼굴을 찾지 못했네.

겁에 질려 잠에서 깨어나 벌벌 떨고 있는데
누군가가 내 머리카락을 쥐어뜯고
손가락으로 내 입과 귀를 잡아당겼지.
두려움이 사라지자,
그 손이 내 손이라는 걸 알아차렸네.

여전히 진정되지 않은 마음으로,
내가 엉뚱한 얼굴을 하고 있는 건 아닐까?
허겁지겁 일어나 불을 켜고
거울 앞으로 달려가 내 얼굴을 들여다보았지.
얼굴을 확인하고서야 불을 끄고 안심하며 잠자리에 들었네.

도덕

선은 없다,
예외는 있다: 우리가 선을 행할 수는 있다!

웨이터의 크리스마스이브

그는 세상사에 등을 돌리고
눈가에는 불만이 가득하다.
그는 허리를 굽히며 중얼거린다:
"이런, 크리스마스네!"

홀에는 손님이 두 명 뿐이다.
(이 사람들도 기쁜 표정은 아니다.)
웨이터는 시간을 헤아린다.
아직 집에 갈 시간은 아니다.

크리스마스트리를 준비하지 못한 사람이
올지도 모른다.
축제 분위기 가득한 이 도시에
홀로인 사람은 없다.

지금 밖으로 나가 거리를 돌아다니다가
낯선 창가에서 서성대느니
일이나 하다가
밤에 집으로 가는 게 상책이다.

인류의 진화

한때 놈들은 털북숭이 몸으로 사나운 얼굴을 하고
나무 위에 웅크리고 있었다.
그러다가 원시림에서 나와
땅을 아스팔트로 바꾸고
집을 30층까지 쌓아 올렸다.

그들은 중앙난방이 되는 방에서
벼룩을 피하고 있다.
이제 전화도 이용한다.
나무 위에 있을 때와
똑같은 태도를 취한다.

그들은 멀리서 울리는 소리를 듣고 멀리 본다.
그들은 우주와 접촉한다.
이를 닦고 현대식으로 호흡한다.
지구는 수세식 설비가 된
교양 있는 별이 되었다.

그들은 관을 통해 우편물을 보낸다.
그들은 미생물을 쫓고 배양한다.
그들은 자연에 모든 편의를 제공한다.
그들은 하늘로 높이 날아올라
2주 동안이나 머문다.

그들은 소화시키고 남은 것은
솜으로 가공한다.
원자도 쪼개고 근친상간도 치료한다.
그들은 문체를 연구해
카이사르가 평발이었다는 사실도 증명한다.

이렇게 그들은 머리와 입으로
진화했다.
하지만 이를 제외하면
그리고 자세히 들여다보면
그들은 여전히 이전의 틸북숭이 원숭이 그대로이다.

이른바 타지에서

그는 대도시 베를린에서
자그마한 테이블에 앉아 있었다.
그가 없어도 도시는 거대했고
스스로가 불필요한 존재처럼 느껴졌다.
주변은 융단으로 치장되어 있었다.

사람들이 손이 닿을 만큼 가까이 앉아 있었다.
하지만 그는 혼자였다.
그가 들여다 본 거울에서도
그들 모두는 당연하다는 듯이
그대로 앉아 있었다.

홀은 조명 탓에 창백해 보였다.
향수와 과자 냄새가 났다.
그는 진지하게 사람들의 얼굴을 하나하나 살펴보았다.
하나같이 마음에 들지 않았다.
그는 슬퍼져서 눈을 돌렸다.

흰 테이블보의 주름을 펴고
유리잔을 들여다보았다.
그는 삶에 지쳐 있었다.
홀로 앉아 있는 이 도시에서
그가 원하는 것은 무엇일까?

마침내 그는 이 도시 베를린에 있는
자그마한 테이블에서 일어섰다!
그를 아는 사람은 아무도 없었지만,
그는 모자를 벗어 인사하기 시작했다……
궁하면 통하는 법이다.

이브닝드레스를 입은 괴물에게

나는 당신에게 허리를 숙여 절할 수밖에 없다.
그럼에도 우리는 서로 아는 사이가 아니다.
나는 당신의 얼굴에 절하는 것이 아니라,
당신의 등에 절한다.

앙상하고 살점이라고는 없는 등,
뼈와 늑골이
뾰족하게 튀어나와
보고 있노라면 섬뜩할 지경이다.

당신의 뼈대는 도대체 어디서 끝나는가?
옷도 걸치지 않았다! 뼈대 전체가 모두!
저 아래쪽에서야 비로소 모서리에서 휜다.
이 얼마나 다행스런 일인가: 그 덕분에 당신은 앉을 수 있다.

당신은 저고리를 걸쳐야 한다.
당신은 괴물이다. 괴물 중의 괴물.
신이 분노해 당신을 강하게 때렸다.
신이 가장 많이 때린 곳은 당신의 엉덩이다.

당신의 푸른 곱슬머리를 보는 자는
분명히 알 수 있다:
당신은 쇠퇴기의 절정에 있고
밤이면 쓸데없이 식욕을 채운다.

이런 말을 하게 되어 미안하다.
사람은 늙을수록 추해진다.
나와 의견이 다른 자는 잘못 생각하고 있다.
당신은 이미 어린 시절에도 모욕을 당했다.

뭐라도 입어라, 멍청한 놈아!
홀에는 갱년기에 처한 사람들이 가득 차 있다.
이런 꼴불견이 있다니! 이런 걸 일컬어 하는 말이 있다:
아직은 상당히 젊은 사람의 휴가.

자살에 대한 경고

이 충고는 자네를 위한 것이네:
자네가 권총을 쥐고
머리를 겨냥해 방아쇠를 당긴다면,
난 가만히 있지 않을 거야.

교수님들의 훈계를
다시 늘어놓아 볼까?
선한 사람은 드물고
나쁜 사람은 흔하다는 훈계를?

가난한 사람도 있고 부자도 있다는
뻔한 소리를 되풀이해야 하겠어?
이 사람아, 자네 시체가 관 속에 들어 있대도
패 주고 말거야.

자네 주변에서 일어나는 자질구레한 일들은 아무래도 좋아!
그런 쓸데없는 일은 그냥 내버려두게!
세상이 그렇고 그렇다는 것은
성인식을 올리는 아이라면 누구나 다 알아.

자네 계획은
인류를 개선하는 것이 아니었나?
내일이면 자네는 그런 계획에 대해 비웃을지도 몰라.
하지만 인류를 개선할 수 있다네.

그래, 악하고 어리석은 사람이 대부분이고
그들이 강자인 건 맞아.
하지만 풀 죽어 지내지 말게.
살아남아서 놈들의 약이라도 올려야 하지 않겠나!

1960년의 스포츠

뤼베커 슈바이츠지紙의 육상 경기 보도:

"달리기 선수들은 매일 10시간씩 훈련한다.

이들은 100미터를 대략 마이너스 14초의 속력으로 달린다.

선두 그룹은 오늘 아침에 이미 1919년을 넘어 갔다!"

그녀를 사랑하는 걸까

마음이 갑자기 소리를 낮추어 우리에게 이야기할 때,
"마음아, 좀 더 큰 소리로 말해 줘!"라고 귀찮게 해도 될까?
이전에 마음은 더 큰 소리로 말했고 그래서 더 친숙하게 들렸다.
이제 마음은 나지막하게 속삭일 뿐. 우리는 마음의 소리를 알아
듣기 힘들다.

마음이 원하는 게 뭘까? 마음은, 우리가 알아듣기 힘들다는 걸
안다면
알아듣도록 큰 소리를 낼 텐데.
마음을 따르도록 큰 소리로 외칠 텐데!
마음은 그렇게 나직한 소리를 원하는 걸까?

아이들은 정말로 원하는 것을
입 밖으로 내뱉지 않는다.
아이들은 정말로 원하는 것을
엄마 귀에 대고 속삭일 뿐이다.

마음은 큰 소리로 외치는 걸 부끄러워하는 걸까?
마음은 가장 좋은 것을 가지고 싶어 하는 걸까?

마음은 '아니No'라고 외치는 걸까?

우리는 마음을 만든 신에게 감사하지 않는다.

세탁부의 손

더 유명한 손도 있고,
더 아름다운 손도 있다.
지금 말하는 건
집안일을 하는 손이다.

이 손은 매니큐어도, 손톱 손질도 모른다.
이 손은 피아노를 연주해 본 적도 없다.
놀이를 위한 손이 아니라
세탁을 위한 손이다.

이 손은 서로 비벼 씻을 뿐만 아니라,
다른 사람들이 맡긴 빨래를
힘껏 부지런히 비벼
다시 깨끗하게 만든다.

이 손은 라벤더 향기가 아니라,
양잿물과 염소 냄새를 풍긴다.
이 손은 짜고 비비며 쉴 새 없이 움직이고
궂은일도 마다하지 않는다.

이 손은 빨갛게 붓고 트고,
감각이 없고 거칠다.
이 손은 누군가를 쓰다듬을 땐,
헛손질을 한다.

더 유명한 손도 있고,
더 아름다운 손도 있다.
지금 말하는 건
집안일을 하는 손이다.

숲은 침묵한다

사계절이 숲을 스치며 지나간다.
우리는 그것을 보지 못한다. 나뭇잎에서 읽을 뿐이다.
사계절이 들판을 어슬렁거리며 지나간다.
우리는 날짜를 계산한다. 돈도 계산한다.
우리는 도시의 소음에서 벗어나고 싶어 한다.

끝없이 이어지는 지붕이 빨간 벽돌색의 물결을 이룬다.
잿빛 천으로 둘러싸인 듯 공기는 혼탁하다.
우리는 밭과 마구간을
푸른 연못과 잉어를 꿈꾼다.
우리는 고요한 그곳으로 가고 싶어 한다.

우리의 영혼은 아스팔트 위를 걸으며 휘어진다.
나무와는 형제처럼 이야기를 나누며
영혼을 교감할 수 있으련만.
숲은 침묵한다. 하지만 모른척하지 않는다.
누가 오더라도 숲은 위로를 준다.

우리는 사무실과 공장에서 도망친다.

어디로 가는지는 상관없다! 어차피 지구는 둥글다!

풀이 지인을 만난 듯 인사하는 곳,

거미가 비단그물을 짜는 곳,

그곳에서 우리는 건강해진다.

심장병 환자의 일기

첫 번째 의사가 말했다:
"당신의 심장 왼쪽이 비대해졌습니다."
두 번째 의사가 한숨을 쉬며 말했다.
"당신의 심장 오른쪽이 부풀어 있습니다."
세 번째 의사가 진지한 표정을 지으며 말했다.
"심장 비대증은 없습니다."
글쎄다.

네 번째 의사가 한숨을 쉬며 말했다.
"심장판막이 약해졌습니다."
다섯 번째 의사가 말했다.
"심장판막은 완전히 정상입니다."
여섯 번째 의사가 눈을 크게 뜨고 말했다.
"당신은 심첨박동心尖搏動에 이상이 있습니다."
글쎄다.

일곱 번째 의사가 한숨을 쉬며 말했다.
"당신의 심장은 승모판 형태를 띠고 있습니다."
여덟 번째 의사가 말했다.

"엑스레이 촬영을 해 보니 당신의 심장은 지극히 정상입니다."
아홉 번째 의사가 놀라며 말했다.
"당신의 심장은 45초 늦게 움직입니다."
글쎄다.

열 번째 의사의 말은 유감스럽게도 내가 전할 수 없다.
아직 방문하지 않았기 때문이다.
다음에 들러 물어볼 예정이다.
아홉 번의 진단은
좋지 않았던 것 같다.
하지만 열 번째 진단도 나름 옳을 것이다.
글쎄다.

바이올린 연주자의 번민

아, 침대에 계속 누워 있을 수 있다면 얼마나 좋을까!
매일 밤 힐데가르트는 홀로 잠을 청한다.
내 바이올린 활에 톱니가 있다면
바이올린을 잘게 톱질해 버릴 텐데.

나는 그녀가 밤에 무슨 일을 하는지 모른다.
매일 밤 나는 이곳에 서서 연주한다.
그녀는 내게 말한 대로 집에 머물고 있을까?
몹쓸 여자는 상당히 많다.

크라우제는 피아노 건반을 마구 두드린다.
내가 갑자기 자리를 박차고 나가 버린다면,
그들은 놀라서 쳐다보겠지! 주인님, 걱정마세요,
저는 여기 서서, 등골이 휘도록 바이올린을 연주하며 노래합니다:

"독일의 아가씨들이 가장 예쁘다네.
만세, 만세!
금발의 독일 아가씨들이
최고라네, 최고지!"

나는 그녀를 믿지 않는다. 그녀는 거짓말을 한다. 증거가 있다.
아, 그녀는 거짓말을 할 때도 진실되게 보인다.
나는 감옥에 있는 것처럼 이곳에 서 있다.
돈을 벌어야 해서 집에 갈 수 없다.

언젠가 나는 내 바이올린을 챙길 것이다.
유일한 내 짐이다.
크라우제가 피아노를 연주할 때,
나는 재빨리 무대에서 내려가 달아나 버릴 것이다.

손님들과 주인 그리고 크라우제는
내가 나가는 걸 멍하니 지켜보겠지.
막상 집에 도착해 그녀가 없는 걸 보게 된다면!
나는 어디로 가야 하나?

햄릿의 유령

구스타프 레너는 분명
토겐부르크 시립극장의 최고 배우였다.
누구나 그의 완벽한 연기를 잘 알고 있었다.
누구나 그가 연기한 영웅적인 아버지 역할에 대해 잘 알고 있었다.

심지어 연극계의 전문가들도 그를 칭찬했다.
여자들도 그가 여전히 날씬하다고 생각했다.
오직 한 가지, 유감스럽게도 구스타프 레너는
돈이 있을 때면 폭주하는 버릇이 있었다.

「햄릿」이 상연되던 어느 날 저녁,
햄릿 아버지의 유령 역을 맡았던 그가
아, 술에 잔뜩 취한 채 무덤에서 나온 것이다!
그는 술 취한 사람이 할 수 있는 모든 짓을 했다.

햄릿은 매우 놀랐다.
유령이 완전히 제 역할에서 벗어난 것이다.
부랴부랴 장면이 축소되었다.
레너는 무슨 영문인지 물었다.

스태프들이 그를 무대 뒤로 끌어내
술을 깨게 하려고 시도했다.
그를 눕히고 베개를 대 주었다.
그러자 레너는 잠이 들었다.

그가 잠들어 더 이상 방해하지 않았기에
동료들은 제대로 연기하기 시작했다.
그런데 그가 다시 나타났다! 바로 다음 장에서,
그의 역할이 전혀 없는 장에서 말이다!

그는 부인인 왕비의 발을 밟았고,
아들 햄릿의 칼을 빼앗아 부러뜨렸다.
그는 오필리아와 블루스를 추었고,
왕을 객석으로 내동댕이쳤다.

배우들은 겁에 질려 도망쳤다.
하지만 관객들은 이 소동에도 개의치 않았다.
그렇게 우레와 같은 박수갈채가 터진 건
토겐부르크에서 처음 있는 일이었다.

토겐부르크 사람들 대부분이
드디어 「햄릿」을 이해하게 되었다고 생각한 순간이었다.

센티멘털 저니

제기랄, 외톨이가 되었네!
보고 듣는 모든 게 낯설다.
신발 안에 돌멩이˙가 들어 있다.
와이셔츠 속에서는
벌써부터 그리움˙˙이 느껴진다.

당신이 권한 건 모두 보고,
이곳저곳 아주 멀리까지 여행한다.
눈앞에 펼쳐진 것들에 감탄한다.
하지만 마음은 다른 곳에 가 있다.
시간만 흘려보내고 있을 뿐.

누군가 인사라도 건넨다면!
당신이 편지를 보내지 않고 눈앞에 나타난다면!
마치 사막에 서 있는 것만 같다.
존재하지 않는 신의 청동상을
물끄러미 쳐다보고 있다.

물론 원한다면
완전히 다른 조각상을 볼 수도 있다.
(입장료를 내야 들어갈 수 있다니, 이 얼마나 파렴치한 일인가!)
곰곰이 생각한다.
결국 흔히 그렇듯 없었던 일로 한다.

그래, 세상은 정원과 같다.
주문한 것을 기다리는 일 같기도 하다.
오래 기다릴 수 있다.
당신이 몹시 좋아할
그림엽서를 쓴다.

밤에 창문으로 머리를 내밀고
바보처럼 머리를 낮춘다.
고양이 울음소리가 들린다.
내일 아침이면
기관지염***에 걸려 있을 것이다.

- 일상의 불편 또는 불편한 진실을 가리키는 관용어.
- 심장(Herz)을 비유하는 말이다. 따라서 연인을 가리키는 비유적 표현으로 읽을 수 있다.
- 원어는 (Bronchial)katarrh. 이 Katarrh에서 수고양이 또는 숙취를 뜻하는 Kater가 파생되었다. 앞에서 나온 고양이에 호응하는 일종의 언어유희다.

매우 고상한 사모님들

그녀들은 가슴을 내밀고 콧대를 세운 채
보조를 맞추어
사뿐히 거리를 걸어간다.
갓 구워 낸 비스킷 향기를 풍기는 그녀들에게는
농담도 걸 수 없다.
어떤 꽃을 담아야 하는지도 모르면서
꽃병이라도 든 양 걷고 있는 그녀들.

그녀들은 마치 매시간 목욕을 하는 것 같다.
마르지도 뚱뚱하지도 않고
장딴지는 철통같이 튼튼하며
눈빛은 싸늘하다.
고상한 사모님들은 마치 여행을 떠나온 요정처럼 보이지만,
알 길이 없다.
그녀들의 남편은 모두 공장을 가지고 있다.

자신들만의 선로를 달리는 그녀들.
서둘러 피하는 게 상책이다.
깃대와 같이

뻣뻣한 표정을 짓고 있는 그녀들.
집 안과 집 밖에서
완전히 다른 모습을 보이는 건
도무지 이해할 수 없는 일이다.

잠자리에 들 때도
모자를 쓰고 외투를 입을 것 같은 그녀들은
잘 때도 침대에 눕지 않고
서 있을 것만 같다.
화장실도 가지 않을 것만 같다.
그녀들 모두 남편을 쏘아 죽이고
짓눌러 해골로 만들어 버릴 것만 같다.

이렇게 그녀들은 사람들 사이에서
여왕처럼 떠돈다.
하지만 소용없다.
그녀들은 우리의 눈을 가리고 있다!
우리는 그녀들을 다른 여자들과 똑같이
유혹하고 이해하고 후려칠 수 있다.
그녀들은 재미로만 고상한 체 할 뿐이다.

고급 안락의자 이사

오늘 나는 화물 마차를 보았다.
가구를 가득 싣고 있었다.
가구의 주인은
최고급만 좋아하는 사람 같았다.

육중한 말들이 육중한 의자와
식탁과 책장을 나르고 있었고 마부는 휘파람을 불었다.
마차는 파손된 낡은 배처럼
혼잡한 길을 삐걱거리며 기어갔다.

수레에 실린 두 개의 가죽의자에
두 명의 짐꾼이 몹시 지친 표정으로 앉아 있었다.
손에 담배를 든 채
몽상가처럼 턱을 괴고 있었다.

분명 그들은 백작이 되어
무도회에 가는 꿈을 꾼 적도 있었으리라……
마차가 멈추고 늙은 짐꾼들은 노예처럼
낯선 가구를 낯선 집으로 옮겼다.

경고

이상을 품은 사람은
그 이상을 실현할 때 조심해야 한다!
그렇지 않으면 한순간
다른 사람들과 같아진다.

사촌의 구석 창문

(E. T. A. 호프만에게 바침)

그는 건물 고층에 있는 구석방에 앉아 있다.
그는 자신이 누구를 닮았는지 모른다.
그는 그렇게 높이 올라가는 걸 원치 않았지만
결국 올라갔다.

그는 윤회를 믿지 않는다.
(나비로 다시 태어나는 것도.)
그가 위로 올라간 후로
그의 집은 닫혔다.

그는 교회 종탑 뒤에서 불타는
저녁노을을 사랑한다.
그는 삶과 죽음을 사랑하고
삶과 죽음을 가르는 것도 사랑한다.

창문은 그에게 장면 하나하나를 보여 주고
장면들을 액자로 만든다.
그는 그 앞에 앉아 부드럽게 미소 짓는다.
그는 슬픔에 빠져 있고 싶지 않다.

그는 그대들이 행복하기 때문에 미소 짓는다.
그는 가끔 속삭인다:
"아, 이 시간의 물결이
어디선가 바다로 흘러들지 않겠는가?"

운명은 그를 잊었지만,
그는 오래전에 운명을 용서했다.
그를 부러워하라! 그를 경멸하라!
그는 상관하지 않는다.

● 이 시의 소재는 차이콥스키의 발레극 「호두까기 인형」의 원작자이자 『모래 사나이』(샌드맨)로 유명한 후기낭만주의 작가 E.T.A. 호프만의 소설 『사촌의 구석 창문』이다. 호프만이 마지막으로 발표한 작품인 이 단편은 화자인 '나'와 두 발이 마비되어 휠체어에 의존해 생활하는 사촌(병상에서 작품을 구술하던 호프만의 분신으로 볼 수 있다)이 건물 고층에 있는 구석방에서 창문을 통해 아래를 내다보며 나누는 대화를 담고 있다. 이 대화에서 작가인 사촌은 젊은 방문객인 화자에게 작가의 기본 자질 중 하나인 '보는 기술'을 가르친다.

동전 줍기

나는 동전 앞에서 몸을 굽혀
동전을 줍는다.
아, 10마르크짜리 지폐였다면!
돈은 판단력이 없다.

돈을 창밖으로 던지는
사람들이 있다고 한다.
어디로 떨어지는지 알면 좋으련만,
나는 모든 집 앞을 살핀다.

창밖으로 날아간 돈이
어디로 떨어질지 누가 알겠는가!
거리에 떨어지는 돈은
너무 적다.

나는 가능한 한 깊이 몸을 숙인다.
아들아, 이러는 내 모습이
마치 동전을 경배하는 것 같구나.
네 부모는 가난하단다. 용서해 주렴!

현대미술 전시회

전시회에 사람들이 북적거린다.
이례적인 일이라고요?
관람객으로 북적거리는 게 아닙니다!
친히 찾아온 화가들로 북적거리는 겁니다.

양로원

이곳은 노인들을 위한 기숙학교.
이곳에서는 시간이 넘쳐흐른다.
인생 여로의 종착역이
멀지 않다.

어제 우리는 어린이 신발을 신었고
오늘 우리는 이곳 집 앞에 앉아 있다.
내일 우리는 영원한 안식을 위해
저편으로 떠난다.

아, 파란만장한 인생이
이렇게 빨리 흘러가다니.
얼마 전에 시작된 것 같은데?
벌써 끝이다.

여기서 쉬고 있는 자들은
이것 하나만은 안다:
이곳은 종착역 앞의 마지막 역,
그 사이에 다른 역은 없다.

뤽상부르 공원

이 공원은 천국과 가까이 있다.
꽃들은 이미 알고 있다는 듯 화사하게 피어 있다.
소년들이 커다란 굴렁쇠를 굴리고
소녀들은 커다란 리본을 달고 있다.
그들이 외치는 소리를 알아듣기란 쉽지 않다.
외국 도시라서 그렇다. 이곳은 파리.

누구나, 근엄한 신사들도
이곳에서는 똑같이 느낀다: 지구는 빛나는 별이다.
아이들은 예쁜 이름을 가지고 있고
광고에서 보는 것처럼 아름답다.
여성들이 대부분인 조각상들조차
(허용되는 경우에만) 웃고 있다.

소음과 환호가 음악처럼 우리를 스치고 지나가지만
무언가 외치는 소리로 들릴 뿐.
겁먹은 듯 데굴데굴 굴러가는 공
충직한 강아지를 쓰다듬는 사람.
흑인 소년들은 숨어야 한다.

경찰이 지켜보고 있다.

어머니들은 책을 읽고 있다. 아니면 꿈을 꾸고 있는가?
누군가 소리치자 고개를 든다.
날씬한 아가씨들이 걸어간다.
젊은 그녀들은 유모차를 보자
당황스러운 표정을 짓는다.
두려운 기색이 역력하다.

누구나 아는 슬픔

이렇게 될 줄 처음부터 알고 있었다.
분명 내일 아침까지도 기분은 나아지지 않을 것이다.
아무리 술을 마셔도
쓰라림은 씻어내지 못한다.

슬픔은 아무런 이유도 없이 왔다 간다.
우리는 공허함으로 가득 차 있다.
우리는 아프지 않다. 그렇다고 건강한 것도 아니다.
마치 영혼이 편치 않은 것 같다.

외톨이가 되고 싶기도 하고, 그러고 싶지 않기도 하다.
손을 들어 자신을 때리고 싶다.
거울 앞에서 생각한다: "이게 내 얼굴이야?"
아, 이런 주름은 어떤 재단사라도 펴지 못할 것이다!

어쩌다 기분이 이렇게 꼬였나?
갑자기 하늘의 별들이 주근깨로 보인다.
우리는 아프지 않다. 마음의 상처를 느낄 뿐.
어떤 일도 가능할 것 같지 않다.

떠나고 싶지만 숨을 곳을 찾지 못한다.
무덤에 묻히는 것이 아니라면.
어디를 쳐다봐도 잘못한 일만 떠오른다.
저세상으로 가고 싶다. 혹은 휴가를 가든지.

슬픔은 금방 사라진다.
슬픔은 쉽게 찾아오지만 매번 또 사라진다.
이렇게 우리를 들었다 놓았다 한다.
영혼은 점점 길들여진다.

한 사람이 고개를 끄덕이며 말한다: "인생이란 그런 거야."
다른 사람은 머리를 가로저으며 운다.
세상은 둥글고 우리는 유연하게 서 있다.
이런 게 위안인가? 그런 뜻은 아니었다.

성냥팔이 소년

성냥이요! 성냥 사세요!
3갑에 20페니히입니다!

사람들은 사 주지는 않고 웃기만 한다.
계속 길을 걸어가면서
화를 내거나 투덜대는 사람도 있다.
남의 사정도 모르면서……

성냥이요! 성냥 사세요!
3갑에 20페니히입니다!

한 달에 10마르크 실업수당을 받는 아빠.
야윈 얼굴의 엄마.
우리는 공동부엌이 달린 단칸방에 살지만
부엌을 사용하는 일은 거의 없다.

어제 아빠는 맥주 몇 병을 마셨다.
엄마는 술을 좋아하지 않는다.
아빠는 노래를 불렀다: "우리는 자유롭게 산다!"

그러다 그만 창문 유리를 깼다.

성냥이요! 성냥 사세요!
3갑에 20페니히입니다!

성냥갑을 담은 내 마분지 상자는 좀처럼 비지 않는다.
숙제도 해야 하는데,
아직 지쳐선 안 돼.
웃지만 마시고, 성냥 사세요!

물론 갈색 구두끈과 검은색 구두끈을 팔면
돈을 더 벌 수 있다.
그러려면 3마르크 밑천이 필요하다.
이 돈을 어떻게 마련하지?

성냥이요! 갈색 구두끈과 검은색 구두끈 사세요!
3쌍에 20페니히입니다……

봄이 왔다

그렇다. 봄이 오고 있다.
나무들이 기지개를 켠다. 창문이 바깥 풍경에 놀란다.
바람은 깃털처럼 부드럽다.
다른 것들은 중요하지 않다.

이제 개들은 모두 짝이 필요하다.
포니 휘트헨*은 내게 말했다:
해님이 작고 따뜻한 손으로
자신의 피부를 쓰다듬는다고.

집주인들이 집 앞에 당당하게 서 있다.
사람들은 다시 카페테라스에 앉는다.
이제 더 이상 추위를 느끼지 않고
아이들을 데리고 야외로 나간다.

아가씨들의 가슴이 두근거린다.
핏줄 속으로 달콤한 생크림 같은 피가 흐른다.
하늘에는 비행기가 번쩍이며 날아오르고
사람들은 영문도 모른 채 흥겨워한다.

다시 산책할 때가 되었다.
파란색, 빨간색, 초록색이 완전히 빛을 잃었다.
봄이 왔다! 세상은 새롭게 채색된다!
사람들은 미소를 머금은 채 소식을 나눈다.

시내를 활보하는 사람들이 많아졌다.
조끼를 벗어던진 남자들이 발코니를 오가며
화단에 꽃씨를 뿌린다.
이런 화단을 가진 자는 복이 있나니!

정원은 여전히 앙상하게 보이지만 겉으로만 그럴 뿐이다.
태양은 달아올라 겨울에 복수한다.
매년 되풀이되는 일이지만
언제나 처음 있는 일 같다.

• Pony Hütchen: 『에밀과 탐정들Emil und die Detektive』에 나오는 에밀의 여자 사촌이다. 이렇게 에리히 캐스트너는 자신의 소설에 등장하는 인물을 자신의 시에도 등장시키고 있다.

인조인간

붐케 교수는 최근 인간을 제조했다.
그가 제시한 명세표에 따르면 제조 비용은 상당히 비싸지만,
제조하는 데는 7시간밖에 걸리지 않는다.
게다가 인조인간은 완제품으로 세상에 태어난다!

우리는 이러한 장점을 과소평가해서는 안 된다.
붐케 교수는 나에게 이 모든 것을 설명했다.
나는 설명을 듣자마자 알아차렸다:
붐케 교수가 만든 인간은 값어치가 있다.

인조인간은 성별에 따라
수염이나 유방과 같은 부속품을 구비하고 태어나며,
어린 시절과 청년기를 보내는 건 시간 낭비일 뿐이라고
붐케 교수는 말했다. 그건 옳은 말이다.

그는 말했다: 변호사 아들을 원한다면 그렇게 주문만 하면 됩니다.
아무리 어려운 법률문제에도 막힘이 없고
박사학위까지 얻은 완성된 변호사가
제조공장에서 아버지의 변호사 사무실로 배송됩니다.

이제 불면의 밤의 산물이
요람과 유치원을 거쳐
아비투어와 여러 시험을 치르느라
20년의 세월을 보낼 필요가 없습니다.

태어난 아이가 지능이 낮거나 아플 수도 있고
사회와 부모에 쓸모가 없는 경우도 있습니다.
혹은 아이가 음악적인 소질이 있을 수도 있고요!
부모가 음악을 전혀 모른다면 다툼만 생길 테지요.

처음에는 애교 덩어리였던 아이가 나중에 어떻게 될지
누가 알 수 있겠습니까?
제조공장에서는 딸과 아버지도 공급할 수 있으며
우리의 제조법은 실패한 적이 없습니다.

이제 곧 인간제조공장을 확대할 예정이며
이미 오늘 219종의 인간을 납품했습니다.
하자가 있는 제조품은 당연히 반품을 받고요.
이들은 다시 여러 재가공 과정을 거치게 됩니다.

나는 말했다: 교수님의 공장에서 만들어진 인간에게는
한 가지 결함이 있군요. 언제나 일정할 뿐, 발전이 없잖습니까?
그러자 붐케 교수는 대답했다:

"그것이야말로 우리 제품의 장점입니다!"

붐케 교수는 진지하고 엄한 어조로 물었다:
당신은 정말 발전을 가치 있는 것으로 여깁니까?
그의 이마에는 깊은 주름이 잡혔다.
나는 마흔 살짜리 아들 하나를 주문했다.

어느 샹송가수의 출연 예고

그녀는 그다지 미인은 아닙니다. 하지만 그런 건 중요하지 않습니다.
아름다움이 없어도 통합니다.
그녀는 자신의 일을 당당하게 잘 해냅니다.
그리고 음악을 정말 사랑합니다.

그녀는 인생의 단맛과 쓴맛을 압니다.
인생의 산전수전을 다 겪은
그녀의 노래는 어떤 살롱에도 어울리지 않습니다.
기껏해야 멜로디 정도만 어울릴 뿐.

그녀는 자신이 아는 것만 노래합니다.
자신이 어떤 노래를 불러야 하는지를 알고 있죠.
그녀가 부르는 많은 노래를 사람들이 오래 기억하는 이유가
바로 그 때문입니다.

그녀는 별 어려움 없이 높은 C음을 뽑아냅니다.
음조가 항상 고른 건 아닙니다만,
그녀가 노래할 때 때로 심장에 고통을 느끼는 건
입으로만 노래하지 않기 때문입니다.

우리와 똑같이 그녀는

우리를 조롱하는 자들의 목소리를 잘 알고 있습니다.

그녀는 이런 주제와 관련된 노래를 많이 알고 있습니다.

그 중 몇 곡을 이 자리에서 불러 주시겠습니다.

• 안네마리 하제Annemarie Hase(1900~1971)를 말한다. 바이마르 공화국 때 베를린에서 활동한 가수이자 배우였다. 브레히트와 함께 활동하기도 했고, 유대인으로 나치의 박해를 피해 영국으로 망명했다가 귀국해서 활동을 이어갔다.

조금 조숙한 아이

나는 아이에게 몸을 숙였다.
(나는 이런 일에는 잘 나서지 않는 편이다.)
그리고 아이의 손에 장난감을 다시 쥐어 주었다.
나무로 만든 하얀 말이었다.

아이는 아름다운 여자와 함께였다.
그녀는 내가 자신을 자유분방한 여자로 여긴다고…… 생각하는
것 같았다.
여자는 아이를 마치 애완견을 끌고 가듯이
가로등과 가게 쪽으로 끌었다.

여자는 내가 유혹의 손길을 뻗었다고 확신하는 것 같았고
기분 좋게 엉덩이를 살랑였다.
하지만 나는 별 감흥이 없었다.
아이도 나와 똑같이 생각하는 것 같았다.
— 나는 그런 느낌을 분명히 받았다.

인내심을 가질 것!

대부분의 사람들이 영위하는 삶에서 드러나는 사실은
― 결국 사람들은 이 사실을 분명히 깨닫게 된다.
사람은 열려 있는 문에도
머리를 부딪칠 수 있다는 것이다!

실망 후의 산책

운명이
임의적인 속도와 횟수로
사람들에게 따귀를 나눠 준다. 그것도 공짜로.
그런 따귀가
나에게도 주어졌다.

그래, 괜찮다. 인생행로는 파도와도 같으니.
파도가 높을 때 파도를 더 몰아쳐서는 안 되는 법.
따귀를 맞을 때가 되었을 뿐이다.
이렇게 생각하는 편이 덜 힘들리라.

운명이 날리는 사랑의 매라 해도
유쾌한 얼굴에 가해진 일격은
그저 충격일 수밖에.
하지만 이러한 따귀는 치명적이지는 않으리.
인간은 버틸 수 있도록 만들어졌으므로.

그런데 호수와
그 옆에 있는 눈으로 덮인 산을 바라보니

내가 자주 생각했던 것을 다시 생각할 수밖에:
운명이 이런 따귀를 때릴 필요는 없었을 텐데.

자연을 따라 달리는 사람들은
아무도 만나지 않아서 기뻐한다.
새들이 합창한다.
햇살이 환히 비친다.
하지만 내 마음속에선 비가 몹시 많이 내렸다.

초롱꽃이 이해한다는 듯 고개를 끄덕인다.
벌 한 마리가 귀 뒤를 긁는다.
바람과 파도가 햇빛 소나타를
이중주로 연주한다.

운명은 오늘처럼
나를 자주 조롱하고 때릴 테지.
사람은 정말 당하면서 현명해지는 걸까?
결정적인 타격이 있기 전에
더 잦은 타격이 먼저 찾아오기를. 그것으로 족하다.

해수욕장에서의 자살

당신은 여기 있고, 자연은 저기 있다.
유감스럽게도 많은 것들이 둘 사이를 가로막고 있다.
해초와 물고기의 냄새만이
당신 쪽으로 전해진다.

당신의 눈과
당신의 눈길을 원하는 바다 사이를
사람들이 끊임없이 오간다.
그들의 시선이 심장 장애를 불러일으킨다.

드러내 놓은 배와 엉덩이는
모래사장에 지천으로 널려 있다.
수영복 상의를 내리고 있는 뚱뚱한 아줌마들이
뭍에 널려 있는 해파리처럼 보인다.

쳐다보는 눈이 아파 온다.
아무것도 보지 않으려 눈을 꼭 감아 보지만
다시 이것저것 보게 되고
무언가 해야겠다고 작심한다.

분노하며 수천 개의 몸 사이로
바닷가로 그리고 바닷속으로 뛰어든다.
하지만 이곳에도 뚱뚱한 남자와 여자들이 진을 치고 있다.
물 위에서 지방이 떠다닌다. 이래야만 하는가?

슬픈 마음으로 초록빛 파도에 몸을 던져 보지만
코앞에 금발의 여자가 있다.
아, 바다엔 어디에도 자유로운 곳이 없다.
사람들이 시선을 가린다.

이곳에선 익사하는 것 외에는 선택의 여지가 없다!
몸을 돌과 같이 무겁게 만들고
천천히 물속으로 들어간다.
바다 밑바닥에서는 오롯이 혼자가 될 수 있다.

선행

그는 마음이 몹시 관대해졌다.
스스로도 영문을 몰랐다.
한 가지 유익하고
멋진 일을 하기로 결심했다.

나무와
나무가 드리우는 그늘 때문인지도 몰랐다.
남자로선 그럴 수 없는 일이지만,
그는 아이를 갖고 싶었다.

황혼이 밤으로 이어지고,
정원은 서늘해졌다.
자신도 모르게
일종의 동정심이 일었다.

그때 그의 눈에
울타리에 몸을 숨기고 외투도 입지 않은 한 사람이 들어왔다.
그는 관대한 마음으로
10페니히를 그의 손에 쥐어 주었다.

그 자리를 떠나 길을 걸어갈 때
그의 기분은 몹시 들떴다.
그는 마치 신이 자신과 함께해 주기를 바라는 것처럼
하늘을 쳐다보았다.

하지만 동전을 받은 그 사람은
동냥을 받을 생각이 전혀 없었다.
그는 자신에게 돈을 준 사람을 호되게 때렸다!
왜? 그는 거지가 아니었기 때문이다.

역할을 나누어 하는 독백

당신의 창은 안마당을 향해 있는가?
안마당은 어두운 세상.
당신이 쳐다보는 곳에는 다른 사람들의 집이 있다.
모습이 포위된 들짐승 같다.

밤이 되니 이 얼마나 슬픈가!
모두가 잠들었는데 당신만 깨어 있다.
안마당은 갱도와 같이 당신을 감싸고
빛이라고는 하늘에 있는 별 세 개가 전부다.

당신은 건너편 벽에서
당신에게 손짓하는 그림자를 보고
깜짝 놀란다.
당신은 그림자의 손을 보고 뒤로 물러난다.

뒤로 물러나자 당신은
그 역시 어둠 속으로 들어가는 것을 본다.
결국 그것이 당신의 그림자라는 것을 알아차리고
이번에는 당신도 그에게 손짓한다!

이제 당신은 미소를 지으며 그에게 고개를 끄덕인다.
당신은 그를 향해 두 팔을 벌린다.
그도 당신과 똑같이 한다.
그의 머리는 당신의 집보다 더 크다.

당신은 한 번은 여기에, 또 한 번은 저기에 있다.
이제 당신은 혼자가 아니라고 느낀다.
창문에서 떨어지고 싶지 않다.
그렇게 되면 다시 혼자가 되기 때문이다.

당신은 그림자놀이에 재미를 느낀다.
당신은 그림자와 친구가 된다.
하지만 그림자는 당신이 하는 행동을 항상 그대로 따라 하기에
결국 싫증을 느낀다.

이러한 밤의 이중주는 누구도 본 적이 없다.
안마당의 가시덤불을 제외하고는……
당신은 슬퍼져서 하품을 하고 잠자리에 든다.
건너편의 그림자와 함께.

어느 여자의 변명

제 과거를 나쁘게 보지 마세요.
제게 묻지 않았지만 당신에게 말할게요.
제 얼굴을 똑바로 쳐다보지 마세요!
부끄럽지만 마치 죽었다 깨어난 사람처럼 털어놓을 테니.
모두 들은 뒤에도 여전히 당신이 저를 좋아하리라고는 생각하지
않아요.

용서를 구하진 않겠어요.
지금 그런 건 중요하지 않으니까.
기다렸지만 제 차례는 오지 않았죠.
그런데 한꺼번에 두 명의 남자가 생기다니!
하지만 다섯 명이 있다고 한들 애인이라고 할 수는 없을 거예요.

여자들이란 늘 누군가에게 의미 있는 사람이 되고 싶어 하는 법이죠.
저는 슬프게도 그런 사람이 없답니다.
그래서 낯선 남자들을 만나 포옹을 하고,
사랑 받기만 하고 사랑을 주지 않는
수많은 애인 중의 하나가 된 거죠.
그렇게 시간이 흘렀어요. 인내심은 살 수 있는 게 아니랍니다.

이제 더 이상 남자를 찾아다니지는 않지만 때때로 만나기는 한
답니다.
창가에서 지나가는 세월을 바라보죠.
더 이상 기적을 기다리진 않아요.
그런데 갑자기 기적이 일어난 거예요! 바로 당신이 내게 온 거죠!

과거를 지울 수는 없겠죠. 제가 어떻게 달라져야 할까요?
마음의 상처는 아물겠지만, 과거를 지울 수는 없겠죠.
후회만 남은 제 앞에 이제 당신이 나타났으니
얼마나 기쁜 일인가요!
하지만 마냥 기쁘지만은 않군요. 너무 늦은 걸까요?

황금의 청춘시대

그들은 저녁에 일이 끝나면,
서둘러 집으로 돌아간다.
피로에 지친 그들은
몸이 아픈 어린 아이처럼 보인다.

사무실은 인형극 놀이를 하는 방이 아니다.
공장은 뛰어노는 숲이 아니다.
아무리 최신식 탄광이라도
그들을 위해 마련된 놀이터는 아니다.

그들은 몸만 피곤한 게 아니다.
유감스럽게도 그들의 피곤함은 아무 소용없다.
오히려 그들은 몰래 외출복을 차려입고
다시 길을 나선다.

그들은 어디론가 춤을 추러 간다.
'오르페움' 클럽 혹은 이름은 아무래도 좋다.
리듬도 박자도 아무래도 좋다.
춤만 출 수 있으면 그것으로 족하다.

이제 그들은 공원 벤치에 앉는다.
모든 게 이전과 똑같이 되풀이된다.
더 이상 할 수 있는 게 없다!
집에 도착하면 새벽 3시다.

운명이 인내심을 잃으면,
그들은 운명을 따르게 될 것이다.
아, 그들은 존재의 이유를 즐거움에서 찾으려 한다.
(바로 자신들의 즐거움에서)

그들은 젊고, 한편 어리석다.
자명종 시계가 6시 30분을 울리고,
그들은 기차에서든 일터에서든
깨닫는다: 우리가 잘못 생각했다.

사람은 결코 나비가 될 수 없다.
꽃이 품은 꿀은 그들의 것이 아니다.
젊음과 즐거움은 함께할 수 없다.
즐거움은 일터로 가는 길에서 죽는다.

눈 속의 마이어 9세

눈이 설탕조림 과일처럼 숲을 뒤덮는다.
내가 어제 온 건 정말 잘한 일이다.
나무의 발들이 얼어붙진 않으려나……
우린 자연을 얼마나 알고 있을까.

눈은 얼음사탕일지도 모른다고,
어릴 때 자주하던 생각이
왜 오늘 다시 떠오르는 걸까,
도대체 왜?

구름이 몰려 온 후에야 눈이 내리는 법인데
왜 오늘은 눈이 먼저 내리는 걸까?
알다시피 세상은 매력덩어리다.
우리가 주의를 기울이지 않을 뿐.

작은 눈송이가 발레를 추고,
산들이 지켜본다.
눈이 내리고 또 내린다! 대지는 잠자리에 든다.
차가운 물기가 내 신발 속으로 스며든다.

이렇게 숲속에 홀로 있으면,
사람들이 왜 사무실과 극장으로 가는지
이해하기가 어려워진다.
갑자기 이 모든 게 싫어진다!

일주일 내내 눈이 온다는 소식을 들었다.
세속의 삶에 신경을 쓰는 사람은
눈 속에 오롯이 홀로이기가 쉽지 않은 법.
그가 생각하기도 전에 온 세상이 흔들린다.

글쎄. 그렇다면 좋다. 저기서 시냇물이 흐른다.
자신 외에는 어느 것에도 아랑곳하지 않고.
정말 끔찍할 정도로 고요하다. 소음이 그립다.
처음 며칠 밤은 뜬눈으로 보내고
베를린으로 가야겠다.

벽에 기댄 맹인

희망도 없이, 슬픔도 없이
그는 머리를 숙이고
지친 몸으로 벽에 기대어 앉아 있다.
지친 몸으로 쪼그려 앉아 생각한다:

"기적은 일어나지 않는다.
모든 것은 이전 그대로다.
보지 못하는 자는 보이지도 않는다.
보지 못하는 자는 다른 사람들의 눈에도 보이지 않는다.

오는 발자국 소리, 가는 발자국 소리.
어떤 사람들일까?
왜 아무도 멈춰 서지 않는 걸까?
나는 맹인이고 당신들도 맹인이다.

당신들의 가슴은
영혼에서 나오는 인사를 보내지 않는다.
내 생각에, 내가 당신들의 발자국 소리를 듣지 못한다면
당신들은 존재하지 않는다.

더 가까이 오라! 눈이 멀었다는 게 무엇인지 알 수 있을 때까지
몸을 숙여라.
낯설다는 것이 무엇인지 알 수 있을 때까지
눈을 내리깔아라.

이제 가라! 당신들은 바쁘지 않은가!
아무 일도 없었던 것처럼 행동하라.
하지만 이 구절은 기억하라:
보지 못하는 자는 보이지도 않는다."

반복의 덫에 걸린 존재

다시 인생을 반복할 수 있다면,
열여섯 살이 되고 싶다. 그 이후의 일들은 모두 잊을 것이다.
희귀한 꽃을 책갈피에 끼우고 싶다.
(키가 얼마나 컸나) 문설주에 서서 키를 재고 싶다.
학교 가는 길에 성문을 향해 소리치고 싶다.

밤에 창가에 서서
거리의 잠을 깨우는 행인들의 소리에
귀 기울이고 싶다.
거짓말을 하는 사람에게 화를 내고
닷새 동안 상대하지 않을 것이다.

집으로 돌아갈 시간이지만
키스를 하고 싶고, 또 한편 키스를 하게 될까 두려워하는 소녀와
공원을 산책하고 싶다.
가게 문이 닫히기 전에
2마르크 50페니히로 소녀와 나의 커플 반지를 사고 싶다.

장터 구경에 필요한 용돈을 받아내려고
엄마에게 애교를 부려 보고 싶다.
장터에서 오랫동안 잠수하는 사람을 보고 싶다.
담배를 피우는 원숭이도 보고 싶다.
거인 여자가 내 머리를 쓰다듬어 주면 좋겠다.

한 여자로부터 유혹당해 봤으면 좋겠다.
그 여자가 레만씨의 신부라면 얼마나 좋을까.
그녀 손의 감촉을 느껴보고 싶다.
밤에 대문이 닫히는 소리처럼
내 가슴이 쿵쾅거린다.

열여섯 살 때 보았던 모든 것을
다시 보고 싶다.
당시에 일어났던 일들이 모두 다시 일어났으면……
당신은 똑같은 장면들을 다시 보고 싶은가?
예스!

그로스헤니히 부인이 아들에게 보내는 편지

사랑하는 내 아들!

내 생일에 네가 직접 오지 못하고 편지만 보내 매우 섭섭했단다.

보내 준 카네이션은 너무 예쁘더구나.

네가 좋아하는 구운 소시지를 준비해 뒀었는데.

이졸데 숙모가 에나멜가죽 핸드백을 선물했단다.

아빠는 글쎄 엄마 생일을 완전히 잊어버렸지 뭐니.

난 속이 몹시 상했단다. 평소에는 모든 일을 꼼꼼하게 챙기는 분인데 말이다.

커피를 끓이고 저녁 식사도 준비하고 바쁘게 움직이다 보니 잊어버리고 말았구나.

너는 어떻게 지내고 있니? 기침은 멎었니?

엄마는 걱정이 돼. 기침 같은 건 오래 두면 안 된단다.

곧 속에 받쳐 입을 네 조끼를 보내마. 지난번에 보낸 건 너무 크지 않았니?

네가 집에 있다면 당장 맞게 고칠 텐데.

아, 크라우제 씨의 큰 딸이 며칠 전에 아기를 낳았단다!

아기 아빠가 누군지 아무도 모른다네. 애 엄마도 모른다고 하고.

정말 고등학교 교육에 문제가 있는 게 아닌지.

빨랫감은 빨리 보내렴. 지난번에 빨래를 담아 보낸 상자는 많이

찢어져 있더구나.

내 정장을 염색했단다. 이제 감색으로 바뀌었어.

난방도 잘 하고! 우리도 오래전부터 불을 피우고 있단다.

요즘 고기는 야채가게 아줌마에게서 산단다. 그 편이 킬로당

10페니히가 싸거든.

그래도 여전히 비싸기는 하지만 말이다.

너는 벌써 세 달째 집에 오지 않았구나.

여기 와서 이틀만이라도 머물 시간이 없는 거니?

그저께 베를린 신문을 읽었단다.

프리츠야, 너도 한 번 읽어 보거라! 정말 무서운 일이 많이 일어

나더구나!

네가 들르는 식당의 음식 맛은 여전히 좋니?

저녁 식사에는 주인에게 부탁해서 달걀을 두 개씩 버터로 프라이

해달라고 해라.

네가 결혼하면 모든 게 달라지겠지.

귀가 닳도록 일러 줘도 통 엄마 말을 듣지 않으니.

이번에 새로 세 들어 온 남자는 결혼할 사람이 있단다.
애인이 가끔 집에 들르는데 그 일만 아니라면 난 아무런 불만이 없어.
옆집 아줌마가 어제 보고선 큰 소리로 말하더구나.
애인이 자주 바뀐다고. 그래서 다시는 여자를 집으로 데리고 오지 못하도록 했다.

이런 자질구레한 일들을 빼놓으면 우린 잘 지낸단다.
너도 잘 지내길 바란다. 할 말이 더 있었는데……
편지지가 다 되어 간다. 안녕!
에어리히 씨 집에 또 무슨 일이 생겼다는구나.
이제 그만 쓰고 역 앞의 우체통에 넣어야겠다.

참, 전할 말이 있는데, 말이 잘 떨어지지 않는구나.
그래도 읽을 수 있겠지? 정육점집 슈테판 부인을 얼마 전에 극장에서 만났는데,
그 집 딸 에르나가 너를 오래전부터 무척 좋아하고 있다는구나.
엄마는 에르나를 아주 상냥한 처녀라고 생각한다. 그래, 오늘은 이만하기로 하자. 아빠도 안부 전하신다.

기차 타기

세상은 둥글다. 우리는 여행을 떠난다.
예민해진 신경을 누그러뜨리기 위해.
농부들이 마치 사진을 찍기라도 하는 듯이
철로 변에 서 있다.

성이 보이고 거울처럼 빛나는 강물과
양귀비꽃 붉게 핀 들판도 보인다.
풍경은 마치 거대한 신神의 축음기에 걸린
레코드판처럼 돌아간다.

급행열차는 달리고 멈출 줄 모른다.
닭들이 선로를 따라 늘어서서 고개를 끄덕인다.
차창 앞에서 전신주가 바람에 흔들거린다.
도자기에 그려진 은방울꽃처럼.

전선은 깊숙이 내려갔다 올라온다.
전신주는 이따금씩 무릎을 굽힌다.
마치 우리에게 몸을 굽혀 인사하는 듯이.
이렇게 우리가 주인이 되는 것이다!

우리는 모자를 벗어 그들에게 인사한다.

그리고 침묵한다.

청소년 시절로의 짧은 여행

갑자기 다시 이곳으로 왔다.
부모님과 선생님들
그리고 까맣게 잊은 사람들이 살고 있는 곳으로.
걸음을 내딛을수록 걷기가 힘들어진다.

일요일마다 찬송가를 부르던 교회가 보인다.
(그때 이후로 더 이상 찬송가를 불러 본 적이 없다.)
뛰어오르던 계단도 보인다.
건너편에는 낯선 소년들이 있다.

정육점의 쿠르츠할스 씨가 집에 기대어 서 있다.
그도 이제는 늙었다. 옛날처럼 그에게 인사한다.
답례를 건네는 그의 얼굴에 당황한 기색이 역력하다.
알아보기는 하지만, 정확히 기억하지 못하는 것 같다.

전차를 탄다. 시간은 충분하다.
차장이 도착하는 정거장의 이름을 불러 준다.
과거의 정거장들이다!
죽은 줄 알았던 과거가 여기에 그대로 살아 있다.

전차에서 내린다. 잠시 주춤한다. 그리고 깜짝 놀란다.
바람이 잠잠해지고 구름도 움직이지 않는다.
모퉁이를 돌아간다.
나무 하나 없는 마당에 검은 건물이 서 있다.

학교다. 내가 살던 기숙사에는
아직도 불이 켜져 있다.
암젤 공원에는 여전히 달이 떠 있다.
창문에는 서로 밀치며 밖을 내다보고 있는 얼굴들이 있다.

울타리는 그대로 남아 있다. 이제 그 앞에 선다.
그 뒤에는 낯선 아이들이 모여 있다.
두려움에 머리를 교문에 기댄다.
(바지가 점점 짧아지는 느낌이 든다.)

이전에 바로 이곳에서 도망쳤는데, 지금 다시 도망친다.
용기가 무슨 소용인가? 여기선 감히 누구도 벗어날 엄두를 내지
못한다.
떠나면서 기숙사의 작은 쇠침대를 떠올린다.
다시 베를린으로 간다. 그게 최선이다.

여자 친구의 꿈

그녀는 카페에서 그를 만나는 꿈을 꾸었다.
그는 책을 읽다가 식사를 했다.
그녀를 보자 말했다:
"책을 가지고 오는 걸 잊었어!"

그러자 그녀는 고개를 끄덕이며 몸을 돌렸다.
그리곤 몰래 웃었다.
그녀는 늦은 시간 거리로 나서며
책을 가지고 와야겠다고 생각했다.

길은 멀었다. 그녀는 걷고 또 걸었다.
그녀는 노래를 흥얼거렸다.
집으로 올라가 잠깐 머물다가
다시 길을 나섰다.

그녀가 카페에 도착했을 때
그는 여전히 식사를 하고 있었다.
그는 걸어오는 그녀를 향해 다시 말했다:
"책을 가지고 오는 걸 잊었어!"

그녀는 깜짝 놀라 멈춰 섰다.
어떻게 이런 일이 생겼는지 알 수 없었다.
그녀는 다시 고개를 끄덕였고
집으로 향했다.

그녀는 지쳤지만 길을 나섰고 다시 돌아왔다.
자리에 앉고 싶은 마음이 굴뚝같았다.
그는 그녀를 보자마자 다시 말했다:
"책을 가지고 오는 걸 잊었어!"

그녀는 몸을 돌려 길을 나섰다.
계단을 오르내렸다.
또다시 그가 말했고
또다시 그녀는 돌아갔다.

영원을 걷는 것만 같았다!
그녀는 울고 그는 웃었다.
눈물이 그녀의 입술 위로 흘러내렸다.
그녀가 꿈에서 깨어난 후에도.

고산 지대에서의 가면무도회

저녁 무렵 호텔 손님 모두는 제정신이 아니었다.
그들은 유행가를 소리쳐 부르며
홀에서 뛰쳐나가 어둠 속을 질주하고
스키를 탔다.

그들은 눈으로 덮인 산비탈을 달렸다.
보름달이 희미하게 빛을 내며
놀라울 정도로 길게 그림자를 드리웠다.
이런 광경은 처음이었다.

장식품만 걸친 여자들
스키복을 입은 여자들.
기사로 분장한 공장지배인은
머리보다 두 배는 큰 헬멧을 쓰고 있었다.

노루 일곱 마리가 현장에서 즉사했다.
불쌍한 동물들이 벼락을 맞다니.
아마도 함께 스키를 탄
재즈 악단 탓일지도 모른다.

주변은 얼어붙은 침대와도 같았다.
야회복에는 서리가 내렸고
이가 캐스터네츠처럼 달그락거리는 소리를 냈다.
코타 부인의 가슴이 뻣뻣해졌다.

산은 찌푸린 표정을 지었다.
휴식을 원했던 산은
눈사태를 일으켜
이 어리석은 무리를 덮쳤다.

이 사고는 아주 쉽게 설명할 수 있다.
자연의 인내심이 한계에 달한 것이다.
다른 이유를 찾기가 어렵다.
그렇다고 교통 협회에 책임을 물을 수는 없는 일.

차갑게 얼어붙은 남녀 시신들은 매장되었다.
이 와중에 좋은 일도 있었다:
수요일에 오는 손님들을 위한 방 몇 개가
드디어 마련된 것이다.

외로움

간혹 끔찍할 정도로 외로울 때가 있다!
이럴 때는 코트 깃을 세우고
가게 앞에 서서 혼잣말을 하는 건 별로 도움이 되지 않는다:
저 모자는 멋있지만 조금 작은 것 같은데……

카페로 들어가 다른 사람들이 웃고 있는 모습을 보는 건
별로 도움이 되지 않는다.
그들의 웃음을 따라하는 건 별로 도움이 되지 않는다.
바로 자리에서 일어나는 것도 별로 도움이 되지 않는다.

늦을새라 서둘러 쫓아오는
내 그림자를 본다.
사람들이 내 그림자를 잔인하게 밟는다.
이럴 때 울지 않는 건 별로 도움이 되지 않는다.

집으로 가서 진정제를 먹는 건 별로 도움이 되지 않는다.
스스로가 부끄러워서
서둘러 커튼을 치는 것도

별로 도움이 되지 않는다.

어린 아이가 되었으면 하고 생각한다.
그것도 이제 막 태어난 아기가 되었으면!
그땐 두 눈을 감고 아무것도 보지 않는다.
홀로 누워서……

앨범 시

닭이 별안간
달걀 대신에 애플파이를 낳아야겠다고 생각했다.
그러나 그 아이디어는 실패하고 말았다. 왜?
닭은 달걀에 적응했기 때문이다.
(이렇게 해서 이미 많은 아이디어가 폐기되었다.)

영원한 사랑의 예

노란 버스를 타고 그곳을 지나갔다.
빠른 속도로 첫 번째 집을 지나
이리저리 돌다가 마지막 집을 지나고
다시 버스는 출발했다.

내가 그곳 이름을 잊었나?
아니면 이름을 보지 못했던가?
그곳은 헤센 지방의 소도시,
포도나무와 풀밭 사이에 있었다.

나를 불쑥 쳐다보았을 때
당신은 푸른 울타리에 기대어 있었다.
내가 몸을 돌리자
당신은 고개를 끄덕였다.

당신에게 말을 놓아도 될까?
말을 놓아도 된다는
허락을 받을
시간이 없었다.

나는 당신 곁에 있기를
간절히 원한다.
당신은 어떤지?
당신도 내 마음과 같은지?

우연은 분별력이 없다.
그래서 우연은 눈이 멀었다고 한다.
우연은 우리에게 손을 내밀었다가 재빨리 손을 뺀다.
겁먹은 아이처럼.

나는 당신이 진정한 내 짝이라고
굳게 믿기로 했다.
당신은 나에게서 이런 환상을 빼앗을 수 없다.
당신은 그걸 알 턱이 없으니까.

당신은 미소를 지으며 푸른 울타리에 기대어 있었다.
헤센 지방의 타우누스에서였다.
그곳 이름은 잊었지만
사랑은 이어지고 있다.

심장질환에 좋은 온천에서 보낸 편지

잘 지내고 있는지? 꽤 늦은 시간이야.
의사가 알면 몸에 좋지 않다고 말하겠지.
드로쉬케7이라는 이름의 말馬도 온천 치료를 받고 있어.
여기선 개들도 식이요법을 해.

이곳 사람들은 심지어 공기에서도 카페인을 제거해!
덕분에 호흡하는 데는 큰 무리가 없어.
아직 호흡이 완전히 자연스럽지는 않지만.
이전에는 정말 대수롭지 않은 일이었는데……

어제부터 나는 하루 열두 번 약을 먹고 있어.
약을 전혀 먹지 않는 게 이상하게 보일 지경이야.
여기선 모두가 약을 먹어. 심지어 의사까지도!
어떤 의사는 모건Morgan처럼 부자가 되었다고 해.

가장 멋진 건 탄산수 목욕이야.
만 개의 진주 같은 물방울이 피부에 붙지.
내 몸은 마치 이슬이 내린 초원 같아.
효과가 있을지 모르겠어. 효과는 훨씬 뒤에나 알 수 있겠지.

흡입실에서 치료도 받아. 건강에 좋다고 해.
그곳에는 남자들이 앉아 있는데, 대부분 고령이야.
수염 앞에 어린이용 턱받이를 하고
입에는 시가를 멋지게 물고 있지.

또 나는 광천수 치료도 받아.
물에서 감초즙을 친 청어 맛이 나.
사람들이 탕에서 번개를 맞은 사람처럼 앉아 있지.
밴드가 '트루바두르'를 연주해.

이곳에서는 아프지 않은 사람은 반항아로 통해.
바르텔 선생님은 이런저런 증상을 찾기 위해 종종 나를 진찰해.
그는 이곳의 주인이고
우리는 그의 직원이나 마찬가지 신세야.

맥주 한 잔이 그리워. 물론 당신도.
이제 온천 치료를 받아야 할 시간이야.
또 무슨 이야기가 있더라?
아, 그래: 잘 지내고 있는지?

새벽 다섯 시의 남자

새벽에 그대를 떠난다.
그대 집에서 나와
삭막하고 창백한
희뿌연 거리로 가만히 나선다.

나뭇가지의 참새들은
다투어 아침 노래를 부르고
그 아래 고양이 두 마리가
입맛을 다시며 꼼짝도 않고 웅크리고 있다.

그대 아직도 울고 있는지?
아니면 이미 잠들었는지?
이제 제발
더 좋은 사람 만나기를.

빵집의 케이크는
돌처럼 굳어진다.
자명종이 성난 듯이 울리더니
다시 잠이 든다.

아직도 밤과 낮 사이의
긴 휴식 시간.
나는 집으로 간다.
내 자신이 싫다.

그대의 창문 너머로 여전히 불빛이 보인다.
그대 아직도 울고 있는지?
곧 해가 뜰 것이다.
그러나 아직은 아니다.

겸손할 것

사정이 어떻든,
그리고 우리 마음에 들지 않더라도 말한다:
인간은 이 세상의 창문에 붙어 있는
하루살이와 같다.

둘 사이에 차이는 거의 없다.
거기에 무슨 차이가 있겠는가!
굳이 말하자면: 파리는 다리가 여섯 개이고,
인간은 기껏해야 두 개라는 것뿐이다.

봄을 기다린다

들판은 아직 푸르지 않다.
마른 풀은 천 년이나 된 듯이
뒤엉켜 듬성듬성 나 있다.
여기서 과연 초롱꽃이 피어나리라
생각할 수 있을까?

오랜 세월을 지킨 나뭇잎들은
바삭바삭 소리가 나는 버터빵의 포장지처럼
여기저기서 바스락거린다.
바람이 마른 숲에서 때로는 낮은 소리로 때로는 높은 소리로
피아노를 연주한다.

생명의 이치를 아는 사람은 안다.
올해에도 반드시 봄이 온다는 사실을.
숲에 한 부부가 앉아
봄을 기다린다.

그렇다고 그들을 나무라서는 안 된다.
그들은 자연을 사랑할 뿐이며

숲에 앉아 있기를 좋아할 뿐이다.

그건 충분히 이해할 수 있는 일이다. 다만:

그들은 감기에 걸릴지도 모른다!

비에 젖은 11월

밖으로 나가야 할 때
비가 온다면
신발장에 잊힌 채로 있는
가장 낡은 신발을 꺼내 신으세요!

분명 당신은 약간 추위를 느낄 겁니다.
거리는 별 위안이 되지 않을 거고요.
그렇더라도 산책하러 가십시오!
가능하다면 혼자서 말입니다.

빗방울이 지친 듯 나뭇가지 사이로 떨어집니다.
포장도로는 서슬이 시퍼런 쇠처럼 빛납니다.
빗방울이 남은 나뭇잎을 떨어뜨려
나무는 늙어 가고 앙상해집니다.

저녁에는 수없이 많은 불빛이
미끄러운 아스팔트 위로 떨어집니다.
웅덩이들은 얼굴 모양을 하고 있습니다.

우산은 숲을 이룹니다.

꿈속을 떠도는 것처럼 느껴지나요?
하지만 당신은 시내를 걷고 있을 뿐입니다!
가을은 비틀거리며 나무를 향해 갑니다.
나무 꼭대기에는 마지막 남은 잎이 흔들거리고 있습니다.

지나가는 자동차를 주의하세요.
한기가 느껴진다면 집으로 가세요!
그렇게 하지 않으면 코감기에 걸릴지도 모릅니다.
집에선 바로 신발을 벗으세요!

한 남자가 털어놓는다

그 해는 좋았습니다. 다시는 되돌아오지 않겠지요.
당신은 내가 원하는 걸 항상 알고 있었고, 그래서 떠났습니다.
내가 당신에게 원하는 게 무엇인지 설명할 수 있기를 바랐지만,
당신이 날 이해하지 못하기를 바라는 마음도 있습니다.

당신에게 헤어지자고 자주 충고했지요.
지금껏 머물러 준 것에 감사해요.
당신은 나라는 사람을 알 수도 없었고 알지도 못했지요.
나는 당신이 두려웠습니다. 당신이 나를 사랑했으니까요.

아마도 내가 당신을 속였다고 생각하겠지요.
분명 내가 전과 같지 않다고 생각하겠지요.
그러나 나는 당신을 결코 속이지 않았습니다!
당신이 눈물을 흘린다 해도, 이건 엄연한 사실입니다.

당신은 때로 나의 냉담함에 화를 냈지요.
그때 당신이 현명했다고 말하지 않을 수 없군요.
나의 감정은 언제나 변함없었습니다.
다만 그 감정이 그리 큰 것은 아니었지요.

내 말이 공치사로 들리겠지요.
마치 연단 위에 뻐기듯 서 있는 것 같다고 생각하겠지요.
나는 당신과 거리를 두었을 뿐, 결코 윗자리에 선 적은 없습니다.
당신은 내게 화내고 있군요. 내게서 떠날 거니까요.

나처럼 느끼는 사람들도 있지요.
우리는 그대들보다도 훨씬 더 가련합니다.
우리는 찾지 않습니다. 우리를 찾도록 할 뿐이지요.
우리는 그대들의 번민을 보노라면 질투심에 사로잡힙니다.

그대들은 행복합니다. 모든 걸 느낄 수 있으니까요.
그대들이 슬퍼하면 오직 우리의 책임입니다.
아, 우리의 영혼은 마치 의자 위에 앉은 듯
사랑을 바라만 봅니다.

나는 당신이 두려웠습니다. 당신은 질문을 했지요.
나는 당신이 필요했지만 당신에게 고통만 주었습니다.
당신은 대답을 원했지요. 결국 난 말할 수밖에 없었습니다:
"가세요!"

말로써 설명하는 건 편한 일입니다.
당신이 요구하니 그렇게 할 뿐입니다.
그 해는 좋았습니다. 다시는 되돌아오지 않겠지요.

이제 누가 올까요? 안녕히! 나는 두렵습니다.

게으른 마술

이른 아침 욕조에서 일과가 시작된다.
욕조에 앉아 더는 일어나지 않기를 바란다.
게을러 수도꼭지를 잠글 마음도 없다.
목욕을 해야 하지만 물만 철벙거릴 뿐이다.
물이 차오른다. 발가락을 물끄러미 쳐다본다.
플라톤의 이데아를 떠올리며.
그건 착각이다. 발가락이 조금 크게 보였을 뿐이다.

장미 향기를 맡기라도 하는 듯이 미소 짓는다.
웃을 수 있다는 게 신기하다.
이렇게 게으른데도. 하지만 웃음은 해를 끼치지 않는다.
아, 판단력은 팬티에 남아 있다!
에너지, 머리, 남자 —
이 모두는 여행을 떠났다. 언제까지 여행할지는 아무도 모른다.
계속 앉아 있다. 실업자다.

누워 있다가 잠이 든다. 먹고 외출도 한다.
거리를 어슬렁거리며 허튼 소리도 중얼거린다.
제비꽃이 핀 정원에서 장난을 치기도 한다.

마치 풍선처럼 이리저리 날아다니는 것 같다.

요정이 보낸 편지를 조각조각 내던진다.

그리곤 한동안 기다린다.

바람만은 편지를 읽어 주기를 바라기라도 하는 듯이.

이렇게 게으르면서도 나름 할 일이 많다!

시계는 사방에서 째깍째깍 소리를 낸다.

시간은 달아나고, 붙잡으려 하면 또 달아난다.

시간은 쉴 새 없이 달린다.

게을러 영혼을 깨끗하게 씻지도 않는다.

시간을 사탕처럼 녹여 먹는다.

살금살금 집으로 가 휴식을 취한다.

게으름은 역기를 들어 올리는 것처럼 힘들다.

혼자 지내고 교류도 없다.

돌을 깨는 일도 이것만큼 어렵지 않을 것이다.

빈둥빈둥 서서 빛나는 행운을 기다린다.

웃는 모습도 흔적을 찾을 수 없다.

무위도식으로 남는 건 빈 지갑 뿐만은 아니다……

이건 역사에서 가장 슬픈 일이다.

어느 경리 사원이 어머니에게 보내는 편지

세탁해서 보내 주신 옷은 오늘 잘 받았어요, 어머니.
솔직히 말씀드린다면 딱 맞게 도착한 것 같아요.
우체부가 방금 다녀갔습니다.
옷깃이 제게 너무 클 거라고 말씀하셨네요.

아니나 다를까, 힐데 이야기를 계속 하시네요.
저는 지금 제 월급으로는 결혼할 수 없습니다.
그녀에게 다 이야기했고, 이제 그녀도 잘 알고 있어요.
그녀도 더 이상 기다리지 않아요. 기다리다간 할머니가 되어 버리
고 말 거예요.

제가 어머니의 편지를 읽지도 않는 것 같으니
이제는 엽서만 보내시겠다고요?
제가 어머니를 잊고 지낸다고요?
그건 정말 오해입니다……

제가 얼마나 자주 세세하게 쓰고 싶어 하는데요.
매주 보내는 주간 보고서뿐만 아니라요!
제가 어머니를 얼마나 사랑하는지 알고 계시는 줄 알았어요.

이번 편지를 보니 모르시는 것 같아요.

저는 쉴 새 없이 책상에 앉아 다섯 자리 숫자를 계산하고 장부
정리를 합니다.
그런데도 일이 끝나지 않네요.
다른 일자리를 한번 찾아봐야 할지.
제일 좋은 건 다른 도시에서 일자리를 찾는 거겠죠?

제가 멍청이는 아니지만, 일이 잘 풀리지가 않습니다.
저는 이렇게 살고 있지만, 저를 알아봐 주는 사람이 없어요.
저는 옆길 인생입니다.
슬픈 일이지요. 힘드네요.

일요일에 브레슬라우 사람들이 온다고 하셨죠?
제가 어머니께 권했던
세탁부 구하는 일은 어떻게 되었나요?
브레슬라우 사람들이 오면 안부 전해 주세요.

제 생일에는 선물을 보내지 마세요!
어머니가 쓸 것 안 쓰고 모으신 거잖아요. 다 알고 있습니다.
제가 편지를 잘 쓰지 않더라도 어머니를 항상 생각하고 있다는
걸 믿어 주세요.

안녕히 계세요. 당신의 아들이.

구두쇠가 빗속을 걸어간다

봄비가 촉촉이 내린다.
제비꽃은 손에 손을 잡고 눈물을 흘린다.
도라가 내게 보낸 편지 내용을 알기라도 하는 듯이.
그녀는 극도로 절약하고 있지만,
헤어질 수밖에 없다고 한다.

나무들은 앙상한 모습으로 서 있다.
거리에는 마치 처음인 듯 새싹이 돋는다.
모든 것이 초록색이다. 택시마저도!
나는 흰머리가 자라게 내버려 두지 않는다.
그러기에는 내 몸이 너무 빈약하다.

가는 실 같은 비가 내린다.
하느님이 풀밭에 꽃을 수놓는 것 같다.
그녀는 내가 뇌에 류머티즘을 가지고 있고
이마는 주름투성이라고 편지에 썼다.
"당신 곁에서 내 영혼이 상처를 입었어요."

웨이터 씨, 여기 다른 여자 하나 주세요!

봄이 오는 건 다행이다. 온화한 바람이 분다.
상처에는 흉터만 남았다.
세상은 잿빛이다. 잿빛은 색이 아니다!
이제 심지어 먹구름도 푸른색을 띠고 있다.

꽃이 핀다. 아무도 꽃이 피는 이유를 모른다.
숨을 세 번 깊이 들이쉰다. 건강에 좋다.
내가 할 수 있는 말은 "기도하라 그리고 일하라".
나는 더 이상 도라에게 화를 내지 않는다.
먼저 강아지 한 마리부터 살 생각이다.

저런, 벌써 리첸 호수다.
이제 집으로 가 커피를 끓이자.
홀로 커피를 마시고 맛있는 케이크도 먹자.
파울은 극장의 무료입장권을 가지고 있다.
저녁 식사하러 그에게 들러 봐야겠다.

불신의 발라드

불현듯 느낌이 왔다: "그곳으로 가야 해."
그는 다섯 시간 동안 차를 타고 가서 내렸다.
꽤 많은 거리를 걸어 그녀의 집 앞에 도착했을 때
그는 두려움을 느꼈다.

저녁이 되자 그는 정신을 차렸다.
그녀의 창문에는 아직 불빛이 보이지 않았다.
그는 어두운 거리에서 기다리며 서 있었다.
달이 지방법원 뒤로 가라앉았다.

이윽고 택시 한 대가 문 앞에 섰다.
그는 생각했다: "그녀일 거야."
그녀였다! 그리고
그녀와 서둘러 집으로 들어가는 한 남자.

다시 그는 텅 빈 거리에 섰다.
위쪽 방들이 환해졌다.
커튼에 그림자들이 아른거렸다.
멀리 떨어진 정원에서 개 짖는 소리가 들렸다.

몇 시간이 흘러가는 동안,
그는 담배를 피우며 벤치에 앉아 있었다.
새벽이 되자 비가 내리기 시작했다.
시간이 멈춘 것만 같았다.

날이 밝아 오자,
그녀가 보낸 편지를 꺼내들었다.
그를 열렬히 사랑한다고 적은 편지를⋯⋯
그녀의 집을 올려다보았다.

아침 6시가 되자 자신을 대신한 남자가
문에서 나와 휘파람을 불며 걸어갔다.
벤치에 앉아 있던 남자는
수치심에 몸을 떨며 생각했다: "내가 눈에 띄지 않았으면."

그녀가 창문을 열고,
발코니로 나와 하품을 했다.
그는 자리에서 일어나 역으로 걸어갔다.
그녀가 깜짝 놀라 그의 뒷모습을 멍하니 바라보았다.

1,200미터 높이에 있는 상류층 사람들

그들은 그랜드호텔에 앉아 있다.
얼음과 눈
산과 숲과 암벽으로 둘러싸인.
그들은 그랜드호텔에 앉아
항상 차를 마신다.

그들은 야회복을 입고 있다.
숲에서는 사각사각 얼음 어는 소리가 들린다.
어린 노루 한 마리가 전나무 사이를 뛰어다닌다.
그들은 야회복을 입고
우편물이 오기를 기다린다.

그들은 블루 홀에서 블루스를 춘다.
밖에는 눈이 내린다.
가끔 천둥과 번개가 친다.
그들은 블루 홀에서 블루스를 춘다.
그들에게는 여유가 없다.

그들은 자연에 열광하면서
교통 체증만 불러일으킨다.
그들은 자연을 몹시 사랑하면서
그림엽서를 통해서만 자연을 알고 지낸다.

그들은 그랜드호텔에 앉아
스포츠 이야기를 늘어놓는다.
그들은 모피 외투를 차려 입고 그랜드호텔 입구까지 나가지만
다시 차를 타고 집으로 떠난다!

어떤 부부

그들은 걷든, 앉든, 눕든
함께다.
서로 마음을 터놓고 이야기하다가 끝까지 침묵을 지키기도 한다.
지금까지 이렇게 지냈다.

세월이 갈수록
머리카락은 점점 가늘어지고, 피부는 거칠어졌다.
상대방을 자신보다 더 잘 알게 되었다.
이건 뻔한 이치다.

침묵으로 말하고, 말로 침묵한다.
입은 헛돌기도 한다.
그들의 침묵에는 열아홉 가지 종류가 있다.
(하나도 빠뜨리지 않는다면 말이다.)

그들은 자신들의 영혼과 넥타이를 보며
화가 났다.
그들은 레코드판이 세 개 있는 축음기와 같다.
그건 신경을 거슬리는 일이다.

얼마나 자주 거짓말을 하면서
서로의 얼굴을 버젓이 쳐다보았던가!
필요하다면 자신의 마음은 속일 수 있지만
다른 사람의 마음은 속일 수 없다.

그들은 비겁하게 살았고 초라해졌다.
그들은 이제 본래의 모습으로 돌아왔다.
그들은 놀라울 정도로 서로 비슷하다.
그건 당연한 일이다.

그들은 창살 뒤에 갇힌 동물처럼 무뎌졌다.
그들은 결코 달아나지 않았다.
때로 우리 앞에 구경꾼이 선다.
그들은 불쾌감을 느낀다.

밤에 그들은 사로잡혀 침대에 눕는다.
가늘게 신음소리를 낸다.
꿈속에서 침대와 베개는
사슬과 관으로 변한다.

그들은 걷든, 앉든, 눕든
함께다.

서로 마음을 터놓고 이야기하다가 끝까지 침묵을 지키기도 한다.

이제 때가 되었다……

골목길에서

이곳은 어둡습니다. 좀 더 가까이 오세요.
마치 숲속에 있는 것 같습니다.
유럽인으로서 달리 무슨 일을 할 수 있을까요?
도시는 크고, 월급은 적습니다.

가끔 특이한 소설을 읽습니다.
사람이 거의 없는 섬에 대한 소설을.
그곳에는 전차 대신 야자수가 있고
새끼 원숭이들이 그네를 탑니다.

가끔 바닷가로 나무통이 떠밀려 옵니다.
그 안에는 소고기 통조림과 맥주가 들어 있습니다.
그곳에 사는 연인들은 얼마나 좋을까요!
사랑스러운 그대여, 우리는 그곳이 아니라 이곳에 있습니다.

이곳에서는 사람들이 재미 삼아 우리를 방해합니다.
도시들은 비명을 지르고 파산하기도 합니다.
우리는 지금 골목길에 서서
'안전한 거래'를 선호합니다.

우리는 마치 누군가를 암살하려는 것처럼 보입니다.

하지만 우리는 악한 의도는 전혀 품고 있지 않습니다.

그저 조금 키스하고…… 조금 애무하고 싶을 뿐입니다……

아, 베를린은 연인들을 피곤하게 합니다.

그게 다 무슨 소용이란 말입니까? 오늘은 흥분된 날이었습니다.

당신이 집에 가면 또 한바탕 소동이 일어날지도 모르겠습니다.

여기는 사람이 살지 않는 곳 같습니다.

그건 그렇고, 나는 내일 일찍 출근해야 합니다.

당신을 정거장까지 데려다주겠습니다.

시간이 됐습니다. 곧 버스가 올 겁니다.

나를 사랑하는지요? 한 번 더 키스해 주십시오.

수요일에 다시 만납시다. 꼭.

그럼 안녕!

짧게 쓴 이력서

세상에 태어나지 않은 자는 잃을 게 없다.
그는 우주의 한 나무에 앉아 웃는다.
나는 내가 생각하기도 전에
아기로 태어났다.

지금은 거의 기억도 나지 않는 학교에서
어린 시절의 대부분을 보냈다.
나는 누구나 인정하는 모범생이었다.
어떻게 그런 일이? 지금도 유감스럽게 생각한다.

그다음에는 방학 대신 세계대전이 시작되었다.
나는 포병으로 전쟁을 치렀다.
지구의 동맥에서 피가 흘렀다.
나는 살아남았다. 어떻게 살아남았느냐고 묻지 마시길.

전쟁이 끝난 후 인플레이션이 일어났고 나는 라이프치히로 갔다.
칸트와 고딕 양식, 주식과 사무실,
예술과 정치 그리고 젊은 여인들과 함께했다.

어쨌든 일요일마다 비가 내렸다.

이제 나는 마흔이 되어 가고
작은 시 생산 공장을 가지고 있다.
아, 얼마 전부터 흰머리가 희끗희끗 생기기 시작한다.
내 친구들은 점점 배가 나오기 시작한다.

나는 어느 한 편에 서는 걸 좋아하지 않는다.
나는 우리가 앉아 있는 가지에 톱질을 한다.
나는 감정이 죽어 버린 정원을 거닐며
유머의 나무를 심는다.

나도 내 배낭을 스스로 짊어져야 한다!
배낭이 점점 무거워져도 등은 더 넓어지지 않는다.
다음과 같이 요약할 수 있을 것 같다:
나는 세상에 태어났다. 그럼에도 불구하고 계속 살아간다.

일요일 아침의 소도시

날씨가 정말 좋다.
교회 탑은 하느님 꿈을 꾼다.
도시는 온통 고기 굽는 냄새가 나고
조금은 콩포트˙ 냄새가 나기도 한다.

일요일에는 늦잠을 자도 된다.
거리는 거의 텅 비어 있다.
나이 든 두 아주머니가 만나
활달하게 소식을 나눈다.

그들은 옛날이야기로 꽃을 피운다.
그것은 건강에도 좋다.
창문은 살며시 하품을 하고
커튼으로 입을 가린다.

• Compote: 과일을 설탕에 조려 만든 디저트로 우리나라의 잼과 비슷하다.

새로 온 약사는
풀 먹인 와이셔츠를 기다리며 투덜거린다.
너무 오래 기다린 탓이다.
그래서 우리는 안다: 그는 이곳에 처음 왔다.

그는 예배에 참석하려는 것이다.
관례가 그렇기 때문이다.
이렇게 작은 도시에서는 불평을 해서는 안 된다.
파울리네가 이제 와이셔츠를 가지고 온다!

시간은 발을 거의 들지 않고
잔걸음을 친다.
지루함이 찾아온다.
아주머니들은 남 이야기를 속삭인다.
저 건너 시장 한복판에서
밤나무가 나직이 코를 골고 있다.

전형적인 가을밤

밤에는 거리가 텅 빈다.
아주 가끔씩
차 한 대 지나가는 소리가 들릴 뿐.
바스락 소리를 내는 알록달록한 나뭇잎들이
무리를 지어 차 뒤를 따른다.

나뭇잎들이 이리저리 나뒹군다.
그러다 바람이 멈춘다.
나뭇잎들은 이미 생명을 다했지만
바스락 소리를 내며
은밀한 법칙을 따른다.

밤에는 거리가 텅 빈다.
가로등도 더 이상 비추지 않는다.
사람들은 오가며 서로를 방해하지 않으려 조심한다.
길가에 풀이 있다면,
풀이 자라는 소리마저 들을 수 있을 것 같다.

하늘은 차갑고 넓다.
은하수에는 눈이 내렸다.
사람들은 자신의 발걸음 소리를
마치 다른 사람의 것인 양 듣는다.
그렇게 자신과 둘이서 걷는다.

밤에는 거리가 텅 빈다.
사람들은 침대에 눕는다.
충실하고 우직한 그들은 이제 잠을 잔다.
내일 그들은 다시
서로에게 달려들 것이다.

잃어버린 아들의 귀환

처음에 그는 지중해까지 가려고 했다.
그는 이미 반쯤 갔다.
눈 덮인 산을 오르고 인스브루크에서는 이리저리 돌아다녔다.
하늘은 푸르렀다. 그건 그의 마음에 꼭 들었다.
그는 거리의 모퉁이마다 경탄의 눈빛을 보냈다.

그에게는 아직 열흘의 시간이 있었다.
니스로 가려고 했다.
그는 미친 듯이 기뻐했고
웃으며 생각했다: 세상은 넓지만,
세상에 내가 누군지 확실히 증명할 것이다.

드디어 출발하는 날이 왔다.
만사가 순조롭게 진행되고 있었다.
그는 갑자기 놀라며 시계를 쳐다보았다.
그러고는 니스와 자연을 단념하고
어머니에게로 향했다.

여정은 경이로웠다.

그는 강을 볼 때마다 손짓했다.

집을 찾지 않은 지

일 년이 넘었다.

그는 조금 부끄러운 마음이 들었다.

어머니의 집에 도착하자

트렁크와 손가방을 챙겨 재빨리 차에서 내렸다.

그는 꽃을 사서 집으로 달려갔다.

그는 꽃다발로 얼굴을 가린 채 말했다:

"어머니를 놀라게 해드리고 싶었습니다."

이제 그는 니스와 칸Cannes이 아니라,

어머니의 방에 앉아 있다.

어머니는 말없이 있다가 간혹 웃었고

이야기하다가 케이크를 내왔다.

그리고 그를 계속 쳐다보았다……

그는 열흘 내내 이곳에 머물렀다!

마지막 순간까지.

그는 떠나며 어머니에게 손을 흔들었다.

어머니는 4번 승강장에 쓸쓸히 서서

눈물을 흘리며 말했다: "착한 아들."

처음 알게 된 절망

손에 1마르크 동전을 꼭 쥔 소년이
길을 걷고 있었다.
꽤 늦은 시간이었고
상인들은 벽에 걸린 시계를 곁눈질하고 있었다.

마음이 급해진 소년은 뛰어가며 중얼거렸다:
"빵 반쪽과 베이컨 사분의 일 파운드."
노래처럼 읊조리던 소리가 갑자기 멈췄다.
펼쳐진 소년의 손에는 아무것도 없었다.

걸음을 멈춘 소년은 어둠 속에 서 있었다.
가게 창문에는 불이 꺼졌다.
별이 반짝이는 건 좋은 일이지만,
그 빛은 돈을 찾는 데 도움이 되지 않았다.

소년은 영원히 멈춰 선 사람처럼
꼼짝도 하지 않고 서 있었다. 오직 혼자였다.
가게 유리창엔 셔터가 내려졌다.
가로등은 깜빡 잠이 들었다.

소년은 하릴없이
손을 쥐었다 폈다 앞뒤로 돌렸다를 반복했다.
결국 모든 희망이 사라졌다.
이제 더 이상 손을 펼칠 필요도 없다……

아버지는 굶주렸고
어머니는 지쳤다.
심부름 갔던 아들이 돌아와 마당에 서 있는 줄도 모른 채
그들은 앉아서 아들을 기다렸다.

어머니는 걱정스러운 마음에 아들을 찾아 나섰고
양탄자를 거는 막대에 기대어
작은 얼굴을 벽으로 돌리고 선
아들을 발견했다.

어머니는 깜짝 놀라 도대체 어디에 있었냐고 물었다.
그러자 소년은 큰 소리로 울음을 터뜨렸다.
소년의 아픔은 어머니의 사랑보다 훨씬 더 컸다.
두 사람은 슬퍼하며 집으로 들어갔다.

상류층 딸들

한 여자는 앉아 있다. 다른 여자는 누워 있다.
그들은 수다를 많이 떤다. 시간이 날아간다.
하지만 무슨 상관이랴.
한 여자는 누워 있다. 다른 여자는 앉아 있다.
그들은 수다를 많이 떤다. 소파는 진이 빠지고
허튼 소리를 많이 들어야 한다.

그들의 몸은 탄탄하고
피부는 매력적이다.
얼마나 값비싼 여자들인가?
온몸이 통통한 그들은
입과 몸이 녹슬지 않도록
칠을 한다.

그들의 향기는 케이크를 연상시킨다.
향기는 머리 꼭대기에서 발끝까지
그들 삶의 목적이다.
돈 많은 남자와
멋진 방으로 들어서는 일.

이런 걸 결혼이라고 부른다.

그들은 초콜릿과 시간을 쩝쩝 소리 내며 삼킨다.
남편에게서 모자와 옷을 얻지만
아이는 낳지 않는다.
그들은 그저 44 사이즈의 몸매로
살아갈 뿐이다.
때로는 앉아서, 또 때로는 누워서.

그들의 머리는 나무랄 데가 없지만 텅 비어 있다.
그럼에도 그들은 편안함을 느낀다.
이쯤에서 어떤 결론을 내리면 좋을까?
사람들은 그들을 보는 건 좋아하지만,
정말 마음에 들어 하는 것은
그들이 말을 멈출 때이다.

나무가 인사한다

우리는 이 도시에서 저 도시로 여행한다.
벌써 햄 샌드위치를 네 개나 먹었다.
기차는 잘 달리고 여로는 순탄하다.
혹시 연착하지 않을까 조바심 내는 사람도 있고
별다른 관심이라고는 없어 보이는 사람도 있다.

우리는 멍하니 창밖을 바라본다.
눈을 감고 있는 듯이 보이는 사람도
가끔씩 자기 짐을 힐끔힐끔 올려다본다.
차창 밖에는 눈이 흩날리고 멀리 쓰레기가 쌓인 마을이 지나간다.
평행사변형 건물이 보이지만, 그밖에는 초원이다.

하품이 나오지만 게으른 손은 입을 가리지도 않는다.
피곤해서 그런가……
오른쪽에 앉은 부인은 부끄러운 줄 알아야 한다!
엉덩이가 제발 가까이 오지 않았으면!
이런 일을 겪느라 금세 피곤함도 잊는다.

그녀를 피해야 할지 생각한다.
그녀가 몸을 기댄다. 마치 꿈을 꾸는 것처럼 행동하고 있다.
갑자기 차창 밖에 떡갈나무가 보인다!
단풍나무일 수도 있다. 아무려나.
하나는 분명하다: 그건 나무다!

기억을 더듬어 보다가 깜짝 놀란다:
20년 동안 들판을 보지 못한 것이다!
보긴 했겠지만 지금처럼 본 적은 없다!
언제 마지막으로 꽃밭을 보았던가?
언제 마지막으로 자작나무 숲을 보았던가?

정원이 있다는 것을 잊어버렸다.
저녁에 지저귀는 작은 새들이 있는 정원.
어머니가 좋아하는 푸른 제비꽃이 있는 정원……
부인이 더 가까이 몸을 붙이는 동안
보란 듯이 햄 샌드위치를 하나 더 집어 들었다.

아버지가 부르는 자장가

잘 자라, 우리 아가! 잘 자라, 우리 아가!
사람들은 우리를 친척으로 여긴단다.
정말 그럴까?
아빤 잘 모르겠구나. 잘 자라, 우리 아가!
엄마는 이모네에 갔단다……

잘 자라, 우리 아가! 자장자장! 잘 자라!
잠자는 게 최고란다.
아빤 이렇게 큰데, 넌 아직 작구나.
잠을 잘 자면 행복해진단다.
잠을 잘 자면 웃을 수 있단다.

밤에 엄마 곁에 누우면,
엄마는 "절 내버려 두세요!"라고 말한단다.
엄마는 날 사랑하지 않는단다. 엄마는 약삭빠른 사람이지.
엄마는 요술을 부려 아빠 머리카락을 하얗게 세게 만들었어.
아빠는 어떻게 해야 할지 모르겠구나.

잘 자라, 우리 아가! 우리 아가, 잘 자라!
너는 딱히 할 일도 없단다.
백작이 되는 꿈을 꿀 수 있고,
예쁜 아내를 얻는 꿈을 꿀 수도 있어.
꿈꾸는 건 정말 좋은 일이란다……

사람들은 일하고 사랑하고 살고 먹으면서도
이 모든 게 왜 필요한지
모른단다!
엄마는 네가 아빠를 닮았다고 말하지.
그건 아무래도 좋아!

방해받지 않고 잘 수 있는 사람은 행복하단다.
이미 죽은 사람이 가장 오래 잠을 잘 수 있지.
네 엄마가 어디에 있는지 모르겠구나!
편안히 자거라. 아빠가 널 놀라게 했니?
겁주려고 한 건 아니란다.

달은 잊어버리거라! 잘 자라, 우리 아가!
별들이 빛나게 해라.
나도 잊어버리려. 바람도 잊고!
이제 안녕! 잘 자라, 우리 아가!
자, 울음은 멈추고……!

달력에 적힌 격언

다음의 말을 절대 잊지 마라.

많은 것을 실패하더라도 절대 잊어선 안 된다:

모두가 현명해지는 것은 아니다!

(사실과 부합하지 않는다고 들리겠지만.)

악의 기원

이것 하나만은 분명하다:
아이들은 귀엽고 정직하며 선량하지만,
어른들은 참아 줄 수가 없다.
이 사실은 때때로 우리 모두의 기를 꺾는다.

지금 악하고 추한 노인도
나무랄 데 없는 어린아이였던 때가 있었던 것처럼
지금 친절하고 매력적인 아이도
훗날 덩치만 큰 비겁자가 될 수 있다.

어떻게 이런 일이 가능한가? 도대체 어떻게 된 일인가?
파리의 날개를 뜯어내며 노는 것이
아이들의 참된 모습인가?
어린 시절에 이미 악한 본성을 가지고 있는 것인가?

우리의 본성에는
선과 악이 공존한다.
악은 고칠 수 없고,
선은 어린 시절에 죽는다.

잠을 예찬함

기분 좋게 하품을 하고 등불을 끈다.
거리에만 아직 흐릿한 빛이 남아 있다.
침대에 누웠지만 잠이 오지 않는다.
옆방 주인은 이제야 집에 왔다.
그가 한 여자와 이야기하는 소리가 들린다.

이제 눈을 감는다.
눈앞에서 수천 개의 동그라미가 춤을 춘다.
돈과 그와 유사한 것을 머리에 떠올린다.
옆방에서 작은 신발 소리가 들린다.
여자가 슬리퍼를 신고 걸어가는 소리다!

머리를 차가운 베개에 대고
어두운 공간을 향해 미소 짓는다.
이 얼마나 멋진 일인가:
피곤에 지쳐 잠에 들고 모든 걸 잊는다!
모든 근심은 난쟁이처럼 작아진다.

옆방 주인은 기분이 좋다.

팬스레 웃는 것 같은 소리가 들린다.

눈꺼풀을 힘겹게 올렸다가 스르르 내린다.

이제 눈을 감는다. ― 세상이 가라앉는다!

혼잣말로 '잘 자'라고 인사한다.

이번엔 어둠이 오지 않았으면!

그는 침대에 들어가 눕는다.

아주 시끄러운 소리가 나야만 다시 침대 밖으로 나올 것이다.

좋은 꿈을 꾸고 싶다

유령 따위를 생각할 시간은 없다.

누구나 아이던 때가 있다. 그렇지 않은가?

그때는 거리낌 없이 말했다: "내 마음은 순수하다."

이제는 더 이상 그럴 수 없을 것이다.

그래도 좋다. 내 마음의 주인은 나니까.

73까지 센다. 그리고 잠이 든다.

교외의 거리

나는 이 거리를 잘 안다.
끝날 듯 시작되는 거리.
'탈지유를 마셔요!'라고 쓰인 문구가 벽에 크게 붙어 있다.
마치 이곳에서는 특별한 일이라도 되는 것처럼.

인기척이 없는 거리에서
생선과 감자 그리고 휘발유 냄새가 난다.
창문은 비뚤어진 블라인드를 통해 곁눈질한다.
꽃들은 발코니에서 시들어 간다.

세상사에 무관심한 집들은
밤이나 낮이나
백 년 전부터 지금까지 죽 늘어선 채
누군지도 모를 이들을 기다린다.

밤은 군데군데 빛이 새는 커다란 낡은 천처럼
잿빛 담벼락에 내린다.
가로등이 띄엄띄엄 불을 밝힌다.
고양이들은 지하실 앞에 웅크리고 앉는다.

집들은 슬프고 아파 보인다.
거리의 가난을 만났기 때문이다.
안마당에서 희미하게 다투는 소리가 흘러나온다.
그러자 창문이 닫히고 잠이 든다.

수많은 도시의 풍경은 이런 모습이다!
거리가 어디로 향하는지 아무도 모른다.
두 번째 모퉁이마다 집이 한 채 있고,
집에서는 카드놀이를 하고 자동 피아노•가 연주된다.

수심에 찬 남자가 중고 바이올린을 연주한다.
테이블 하나가 넘어지고 주인이 빗자루를 가져온다.
'탈지유를 마셔요!'라는 문구가 벽에 크게 붙어 있다.
(하지만 밤에는 아무도 읽을 수 없다.)

• 피아놀라Pianola를 말한다. 영어로는 player piano라고 한다. 종이에 악보 같은 것이 펀칭된 롤을 넣어 재생하면 자동으로 피아노가 연주한다.

거창한 말이 없는 비가

간혹 자신이 싫어질 때가 있다.
그땐 화가 나서 자신에게 등을 돌리고 싶어진다.
이렇게 하는 게 정당한지를 누가 결정한단 말인가?
자신을 잘 아는 사람은 내 말을 이해할 것이다.

전차가 덮쳐 올 때,
'왜 그냥 전차 밑에 드러누워 버리지 않을까' 하는 생각……
이런 생각들이
수없이 떠오른다.

우리는 항상 똑같은 일을 되풀이한다!
지조가 있는 자는 편협한 사람이다!
그래서야 어찌 경이로움을 경험할 수 있단 말인가?
하품만 나올 뿐이다.

우리는 스스로에게 진저리를 낸다.
말로는 설명하기 힘들지만
자신을 보는 시선을 견딜 수 없다!
자신이 (첫 줄을 보라!) 싫어질 때가 있는 법이다.

그럴 때 나 아닌 다른 것이 될 수 있다면 얼마나 좋을까!
그림, 책, 숲의 이정표, 아네모네 등등!
천만에,
그런 일은 절대 일어나지 않는다.

하지만 그런 날도 지나가기 마련이다.
우리는 계속 허세를 부린다.
의사는 고개를 끄덕이며 말한다: "그건 신경이……"
그렇다, 너무 똑똑해지면 다시 바보가 되는 법이다.

어머니의 넋두리

내 아들은 이제 더 이상 내게 편지를 보내지 않는다.
지난 부활절에 보낸 게 마지막이었지.
그때 아들은 엄마가 생각난다고,
항상 엄마를 진심으로 사랑한다고 썼다.

그 애를 마지막으로 본 건
정확히 2년 9개월 전이었다.
나는 가끔씩 베를린 — 아들은 이곳에 살고 있다 — 으로 가는
기찻길 옆에 서 있곤 한다.

언젠가는 하마터면 베를린으로 갈 뻔했다!
기차표를 사 버린 것이다.
하지만 이내 곧 창구로 가서
기차표를 취소했다.

1년 전에 아들은 신붓감을 구했고,
그녀의 사진을 보내겠노라 했지만, 아직 받지 못했다.
결혼식 때 나를 불러 줄까?
그 애들에게 줄 방석을 수놓고 싶다.

새색시 마음에 들는지……

그 애가 아들을 많이 사랑해 줄까? 아들은 정말 그런 사랑을 받을 자격이 있다.

가끔씩 나는 이 세상에서 혼자라는 생각이 든다.

좀 더 다정한 아들이 있었다면 어땠을까?

아들과 함께 살았을 때가 좋았지!

같은 집, 같은 도시에서……

밤마다 나는 잠을 못 이루고 침대에 누워 기차 소리를 듣는다.

아직도 기침을 계속하고 있는 건 아닌지?

나는 아직도 아들이 어릴 때 신던 신발을 가지고 있다.

이제 다 큰 아들은 나를 이렇게 혼자 내버려 두고

나는 심란한 마음으로 오도카니 앉아 있다.

아이인 채로 머물러 주었다면 얼마나 좋았을까.

거울에 비친 심장

의사가 숫자를 적었다.
그는 철저한 사람이었다.
엄격한 표정으로 그가 말했다: "엑스레이를 찍어 봐야겠습니다."
그러고는 나를 옆방으로 데리고 갔다.

그 방에서 나는 마치 고문을 받듯
차가운 금속 사이에 섰다.
그 방은 마치 외양간처럼 그리고
이 세상 바깥처럼 어두웠다.

엑스레이 불빛이 찰칵 소리를 냈다.
형광판에 불이 들어왔다.
의사는 진지한 표정으로
내 늑막을 이리저리 살펴보았다.

형광판은 그림판을 놓는 틀과 같았다.
나는 감동한 나머지 꼼짝 않고 서 있었다.
의사는 열심히 그림을 그리고 나서는

이것이 나의 정사도正射圖라고 말했다.

의사는 엄숙한 표정으로
거울을 들고 와서
내게 보여 주며 말했다: "거울에서 당신은
당신의 뿌리까지 살펴볼 수 있습니다."

나는 그의 설명을 들으면서
나의 해부도를 보았다.
횡격막의 움직임과
숨 쉬는 갈비뼈도 보았다.

갈비뼈 사이로 그림자 같이 생긴 혹이
기묘하게 퍼덕이고 있었다.
그것은 바로 내 심장이었다!
마치 잉크 얼룩이 실룩거리는 것 같았다.

내가 당황했다는 걸 고백할 수밖에 없다.
나는 돌처럼 굳은 채 서 있었다.
사랑하는 힐데가르트여, 그것이 바로 그대의 것인
내 심장이란 말인가?

지난 일들은 모두 잊고
나를 수도원으로 보내다오.
거울에 비친 자신의 심장을 본 적 없는 사람은,

이런 내 마음을 알 수 없을 것이다.

그대여, 나를 빨리 잊는 게
현명할 것이다.
내 심장 따위는
좋은 선물이 될 수 없을 테니.

위험한 레스토랑

나는 얼마 전 내 단골 식당이
어느 섬의 야자수 나무 아래에 있는 꿈을 꾸었다.
내가 개인적으로 아는 곳은 바르네뮌데뿐이지만,
꿈은 멀리 해외로 가고 싶어 하기 마련이다.

나는 창가에 말 없이 앉아 있었다.
56번 버스는
원시림이 펼쳐진 곳에 정차했다.
오랑우탄들이 나뭇가지에 매달려 있었다.

언제부터 이곳이 이런 모양이었을까?
이렇게 쉽게 지도가 변하다니!
내가 오기 전 이곳은 프라하 거리였다.
자리를 잡고 앉으니 벌써 수마트라다.

웨이터에게 물어보려고 했지만,
무슨 소용이 있으랴.
웨이터 우르바네크 씨인들
딱히 뭐라고 할 말이 있을까?

그때 문이 열리고 울Uhl 박사가 등장했다.
검은 표범과 함께였다.
표범은 나와 아는 사이라도 되는 듯이
내 식탁의 빈자리에 앉았다.

나는 당황해서 표범에게 흡연을 하는지 물었다.
표범은 나를 물끄러미 쳐다보았지만 아무 말도 하지 않았다.
그러자 식당 주인이 직접 나타나
이 진기한 손님의 배를 간질였다.

완두죽과 베이컨을 내온 웨이터는
크게 겁을 먹고 슬금슬금 뒷걸음쳤다.
표범은 음식은 내버려 두고
웨이터를 먹어 치웠다. 불쌍한 우르바네크 씨!

위층에서는 당구공 소리가 들렸다.
검은 표범은 여전히 식사 중이었다.
나는 아연실색한 채 내 단골 식당에 앉아 있었다.
나는 원시림만 보았고 버스 정거장은 보지 못했다.

누군가 내게 전화를 걸었고
(한 고객이 사업 건으로 나와 통화를 하고 싶어 했다.)

나는 갑자기 자리를 뜰 수밖에 없었다.

다시 돌아왔을 때, 나는 잠에서 깨어 있었다.

세입자의 멜랑콜리

원하는 대로 잠을 잘 수 있는 사람은 많다.
누구나 당연히 그렇게 하고 싶어 한다!
하지만 하늘은 어떤 사람들에게는 벌을 내려
세입자로 만든다.

하늘은 이들을 찡그린 주인아주머니에게 보낸다.
여인숙으로. 또 때로는 하숙집으로.
볼품없는 그림들은 액자에서 튀어나오려 하고
가구들은 묵묵히 서 있다.

수건조차도 깨끗하게 있고 싶어 한다.
기침 세 번이면 벌금으로 1마르크를 내야 한다.
낡은 성냥갑 같은 방을 묘사하기에는
아무리 심한 말도 지나치지 않다.

피아노, 술잔, 의자는
자신만만하게 언제나 먼지투성이다.
감정을 드러내는 것은
세입자에게 허용되지 않는다.

그들은 인형처럼 고개만 *끄*덕인다.
입이 서서히 얼어붙었기 때문이다.
세입자는 가족이라는 제국의
점령군 부대이다.

허용되는 모든 것이 금지되어 있다.
섹스를 좋아하는 자는 숲으로 가야 한다.
아니면 자신의 남성을
묶어 버리는 편이 좋다. 그것도 당장.

전 세계의 세입자들은
자신의 방에서 낯설어 하며 말 없이 지낸다.
결혼만이 이 상황을 바꿀 수 있다.
(하지만 결혼이야말로 훨씬 더 나쁜 상황을 만든다.)

규칙적인 동시대인

하, 그가 미래를 얼마나 잘 꿰뚫고 있었는지!
그는 죽고 나면
자식과 부인에게 얼마의 돈이 지불될지
정확히 알고 있었다.

그는 삶과 죽음, 강도와 화재를
보험으로 보장해 둔
아버지와 남편으로 유명했다.
그는 운명을 확실하게 장악했다.

지구의 축이 휘어진다 해도:
그는 20년 후 5월 1일에
(만약 그가 그때도 살아 있다면)
받을 월급이 얼마인지 알고 있었다.

습관이라는 높은 벽이 그를 둘러싸고 있었다.
그 벽들이 점점 그를 조여 왔다.
그는 자신을 불쌍하게 여기기 시작했다.

항상 그런 건 아니었지만, 이따금씩.

그때는 당당해진 내면의 삶도 도움이 되지 않았다.
그는 내일 회의에서 무엇에 대해 이야기하고,
어떤 대답을 해야 할지,
언제 그리고 어떻게 휴식 시간을 가져야 할지도 알았다.

사랑하고 숨 쉬고 신문을 읽는 것은
모두 하나의 일과와도 같아졌다.
하지만 그도 한때는 사람이었다!
그 시절은 지나갔다. 그는 생각했다: 제기랄!

그는 갖가지 도피 방법을 궁리했다.
그는 특히 미국을 염두에 두었다.
하지만 아내와 다툴지 모른다는 불안감 때문에
그는 다시 제자리로 돌아왔다.

제야의 격언

온갖 계획으로 일 년을 꽉 채우지 말라.
마치 병든 말에게 넘치는 짐을 싣듯이.
너무 무거운 짐을 지면,
결국 무너지게 된다.

계획이 불어날수록,
행동은 더욱 꼬이게 된다.
노력하겠다고 다짐하지만,
결국 모든 것이 엉망진창이 된다!

부끄러워해도 소용없다.
수천 가지를 계획하는 것은 아무런 소용이 없고
오히려 해가 된다.
계획을 버려라! 그냥 개선해 나가라!

천재

지나치게 앞서가는 사람은
파멸한다.
좋은 쪽이든 나쁜 쪽이든,
혼자 앞질러 가는 사람은
결국 망하게 되어 있다.

자동차 여행

화창한 날에는
하늘이
푸른 도자기 같다.
새털구름은
도자기에 부드럽게 그려진
흰색 그림 같다.

온 세상이 즐거워하고
행복에 겨워 눈을 깜박이다가
비스듬히 하늘을 올려다보며 자연을 경탄한다.
이럴 때 빠질세라 아버지는 외친다:
"알 낳기에 좋은 날씨군!"
(글쎄다, 아버지는 늘 이렇게 허풍 칠 뿐이다.)

아버지는 거침없이 차를 몰아
언덕을 넘어 골짜기를 지났다.
파울라 숙모는 몸이 좋지 않았다.
하지만 나머지 친척들은
풍경을 보느라 정신없었다.

풍경은 그럴 만큼 멋졌다.

풀 냄새가 나는 따스한 미풍이
머리 위로 불어 왔다.
휘발유 냄새가 미풍의 매력을 반감시켰다.
테오발트 삼촌은
눈앞에 펼쳐진 광경을 열심히 설명했지만,
이런 설명 없이도 풍경은 충분히 아름다웠다.

우리는 힘껏 노래 부르고
리듬에 맞춰 몸을 움직이며
유유히 그곳을 빠져나갔다.
차는 점점 속도를 높였다.
아버지가 말했다:
"계속 숲만 있고, 맥주는 어디에도 없네."

아버지의 바람대로
아버지는 맥주를 얻었고 우리는 케이크를 얻었다.
자동차도 멈추었다.
숙모는 월급이 적다고 불평했다.
날씨가 점점 쌀쌀해졌고
우리는 다시 집으로 돌아왔다.

자동차에 치는 상상

잠깐, 내 모자! 이제 끝인가?
버스가 너무 크다.
내 손은 어디에 있지?
이런 일이 내게 일어나다니.

아르투어가 근처에 산다.
비가 온다. 이제 영영 끝이다.
도로테가 이런 내 모습을 본다면!
그래, 어차피 난 혼자야.

출발할 때
연극표를 챙겼나?
파스터나크가 나를 기다리고 있을 것이다.
계약은 거의 완료 단계였다.

책상 서랍은 확실하게 잠그고 나왔나?
내가 없으면 슈바르츠가 회사를 망쳐 버릴 텐데.
어제만 해도 승마를 했는데,
내일은 하느님 곁에 있다니.

제발 나를 집으로 보내지 말았으면!
도로테가 너무 놀랄 것이다.
누가 메피스토 역을 맡아 노래를 부르지?
글쎄, 이제 그 노래를 더 이상 듣지 못한다.

물론 나는
푸른 양복을 입고 있을 것이다.
처음에 그녀는 엄청나게 울겠지.
하지만 곧 다음 남자가 나타날 거야.

계속 진행! 사람들이 몰려드는 것은
정말 아무런 의미가 없다.
천국이 없기를.
난 그곳에 맞지가 않아.

1급 장례식이다.
음악이 있고 훌륭한 관에다……
도로테, 그대는 사망보험회사로부터
약 1,000마르크를 받을 거야.

기꺼이 죽고 싶어 하는 사람도 있다.
전속력으로 차를 몰면서.
가구는 그대가 유산으로 물려받을 것이다.

내가 모은 돈도⋯⋯

의사가 서둘러 온다.
하지만 아무 소용없다.
예의상 그는 잠깐 머물다가
다시 떠난다.

화창한 날씨

그렇게 슬펐고
슬픔이 우리에게 그렇게 밀려왔던 때는 언제인가?
햇빛이 비친다. 한 해의 전망이 밝아진다.
소리치며 흥분해 기구를 타고
푸른 하늘로 날아가는 것 같다!

싱싱한 나무들이 깨끗하게 몸을 씻는다.
하늘은 정말 푸르다.
햇빛은 깔깔 웃으며 술래잡기 놀이를 하고
좋은 이웃과 모여 앉은 사람들은 웃으며
병 한가득 행복을 채운다.

사람들은 원한다면 날 수도 있을 것 같다.
의자에서 떠나. 케이크와 커피를 손에 든 채.
마치 소파에 눕듯 하얀 구름 위에 누워
이따금씩 앞으로 몸을 굽히며 생각한다:
"저기가 슈프레강이다."

꽃들과도 이야기를 나누고

새색시를 어루만지듯 초원을 쓰다듬고
수많은 조각으로 세상을 쪼갤 수도 있을 것 같다.
감격해 손을 포갤 수도 있으리라.
다만 손은 그러라고 만들어진 게 아니다.

이제 의심에서 완전히 벗어난다.
의미를 되찾은 햇빛이 다시 비친다.
그렇게 슬펐던 날들이 언제였던가?
진정 흥분된다.
가장 큰 어려움은 단지 어디로 가느냐이다.

주의력이 산만한 지배인 쾨르너 씨

때로,
근엄한 사람들이 모인 자리에 당신도 함께 있다면,
당신은 슬그머니 딴 길로 새고 싶을 것이다.
어디로? 그건 아무래도 좋다.

당신은 서둘러 수염을 깎고
이마의 주름도 없애고
대뇌와 소뇌도 떼어 내고 싶어 한다.
당신은 더 이상 움직이고 싶지 않다.

어머니의 앞치마만 없었다.
그건 정말이지 부드럽고 빛이 났다.
어린 시절은 너무 짧아서 마음이 아팠다.
그 시절은 너무도 빠르게 지나갔다.

이렇게 당신이 옛날 생각에 빠져 있는데도,
사람들은 여전히 당신 주변에 서 있다.
그들이 계속 말하는데도 당신은 말이 없다.
그들은 당신의 의견을 묻는다.

"너무 짧아!"라고 당신은 말한다.
당신에게 어린 시절은 너무 짧게만 느껴졌기 때문이다.
하지만 그들은 지불 기한을 묻고 있었다.
바로 쉼멜 회사Schimmel & Co의 지불 기한을.

그러자 그들 중 한 사람이 다리를 벌리고 서서
배를 쑥 내밀며 외쳤다:
"이제 우린 계약에 합의했습니다,
쾨르너 씨도 같은 의견입니다!"

그는 당신의 말을 이해하지 못했다.
하지만 무슨 상관이랴.
제 일을 했으니.
중요한 건, 그럼에도 통한다는 것이다.

어머니와 여행을 떠나다

나는 어머니와 함께 여행 중이다……
우리는 프랑크푸르트, 바젤, 베른을 거쳐 제네바 호수에 도착했다.
그리고 호수를 한 바퀴 돌았다.
어머니는 가끔 물가가 비싸다고 투덜대셨다.
지금 우리는 루체른에 있다.

아름다운 스위스.
우리는 이곳과 친숙해져야 한다.
산도 가 보고 호수도 가 보았다.
이 멋진 곳들을 구경하느라 조금 피곤했다.
어머니와 아들이 함께 여행하는 광경을 종종 볼 수 있다.

어머니와 함께 여행하는 건 행운이다!
어머니야말로 가장 훌륭한 여성이니까 말이다.
어머니는 우리가 어린 아이였을 때 우리와 함께 여행했고,
많은 세월이 지난 지금
마치 자신이 다시 아이가 된 것처럼 우리와 함께 여행한다.

어머니는 가장 높은 산봉우리를 보여 달라고 한다.
세상은 다시 그림책과 같아진다.
어머니는 푸른 호수를 보면 침묵하고
기차에 오를 때면 항상
숄이 바람에 날릴까 걱정한다.

처음엔 서로 서먹서먹해 한다.
서로 멀리 떨어져 살게 된 이후론 항상 그랬다.
이제 다시 옛날처럼 같은 방에서 잠을 잔다.
"편히 주무세요!" 인사를 건네고 불을 끈다.
그리고 서로 입맞춤을 한다.

하지만 채 배우기도 전에 끝나 버리는 게 인생이다!
우리는 어머니를 집으로 모셔다 드린다.
하우볼트 부인은 여행이 좋았다고 말한다.
우리는 어머니의 손을 잡고 잠깐 흔들다가
다시 세상으로 떠난다.

헛된 웃음소리

어느 날 문득 그는
웃어 본 지 한참 되었다는 사실을 깨달았다.
이제 그는 도대체 그동안 무슨 일을 하느라 이렇게 되었는지
지난 삶을 되돌아보았다.

가끔 죄를 짓기도 했고,
짐승처럼 욕을 해대기도 했으며,
떨어진 단추를 찾듯이
모든 일에 구실을 찾기도 했다.

이제 그는 즐겁게 웃고 싶어 한다!
이전에 그는 아주 잘 웃을 수 있었다.
이제 그는 이전처럼 하려고 한다.
그는 자세를 가다듬고 ― 웃는다.

아, 나오는 건 끔찍한 웃음이다!
그는 깜짝 놀라 황급히 웃음을 멈춘다.
왜 참된 웃음소리가 나오지 않는 걸까?
그는 알 수가 없다.

사람들이 많이 앉아 있는 곳으로 간다.
그들처럼 웃을 수 있으리라 바랐기 때문이다.
그들은 많은 농담을 하면서 즐거워한다.
오직 그만 웃지 못한다.

그는 무심히 시간을 보내 보기로 작정한다.
하지만 이 번잡한 도시에서
즐거움이라는 것에 대해
연민이 생긴다.

이런 잘못된 오만함이 그를 짓누른다.
그는 자신의 영혼에게 말한다: 축하하네!
더 이상 즐거워하지 않기를, 아직은 다시 즐거워할 때가 아니네.
이에 대해 아무런 미련도 없다.

결국 그는 버스에 올라타
정처 없이 밤으로 떠난다.
진심으로 우러나서 웃을 때까지
아직도 더 기다려야 한다는 사실을 깨닫는다.

자살자가 과꽃 다발을 든다

도피하기에는 너무 적고,
감옥에 가기에는 충분한 돈을 횡령한 사람이
어머니의 무덤에서 권총으로 자살했다는 뉴스가
얼마나 자주 신문에 나오는가.

자살자는 부모의 무덤가에 놓인
초록색 작은 벤치에 앉는다.
그는 이 모든 일이 어떻게 벌어졌는지 더 이상 알지 못한다.
그는 자신이 늙고 아프다고 느낀다.

(누군가가 그들에게 이유를 묻자)
그들은 떠나기 전에 집으로
꽃 몇 송이를 보내려 했을 뿐,
자살하려고 했던 것은 아니라고 말했다.

자살자들은 과꽃 다발을 들고
묘비에 적힌 글을 읽는다.
"여기에 우리의 훌륭한 어머니 Z. 부인이 잠들어 있다."
그리고 어머니가 자신을 용서해 주기를 바란다.

단풍나무 길의 반대편 끝에서
장례식이 거행되고 있다.
자살자들은 장례를 치르고 있는 사람들이 쓴 모자와
슬퍼하는 모습을 보고, 그들이 부르는 찬송가를 듣는다.

자살자들은 무덤에 잠들어 있는
어머니를 향해 미소를 짓는다.
자살자들은 죽은 이가 더 이상 볼 수 없다는 사실을
다행으로 여긴다.

날씨는 온화했고 하늘은 잿빛이다.
그들은 살만큼 살았고
죽은 어머니에게 모든 걸 참회한다.
이것은 아름다운 장면이다.

그들은 치욕을 피하고자
권총을 자신에게 겨누었다.
사람들이 자신들의 죄를 발견하기 전에
그들은 권총의 방아쇠를 당긴다……

돈을 횡령한 사람이
더 이상 불안감을 견디지 못하고

어머니의 무덤에서 권총으로 자살했다는 뉴스가

얼마나 자주 신문에 나오는가.

도시인들의 밤을 위한 처방전

무작정 아무 버스나 타라.
한번쯤 갈아타는 것도 나쁠 건 없다.
어디로 가도 상관없다. 어딘지는 어차피 알게 될 것이다.
하지만 밤이라는 사실을 유의해야 한다.

한 번도 가 본 적이 없는 곳에 다다르면
(이것이 가장 중요하다.)
버스에서 내려
어두운 곳으로 가서 기다려라.

눈에 보이는 모든 것을 세심히 관찰하라.
대문, 지붕, 나무, 발코니,
집과 그 안에서 사는 사람을 관찰하라.
재미로 그렇게 한다고 생각하지 마라.

그러고 나서 길을 건너 반대편으로 가라.
미리 목표를 정하지 마라.
길은 많다. 아, 정말 너무도 많다!

골목길을 돌면 더 많은 길이 나타난다.

여유 있게 산책하라.
그렇게 산책하는 건 더 높은 목표를 위한 것이고,
잊고 있었던 것을 일깨워 줄 수도 있다.
한 시간 정도면 된다.

마치 끝나지 않을 것 같은 이 길을
일 년 동안 걸은 느낌이 들 것이다.
그러면 자신이 부끄러워지기 시작할 것이다.
기름이 잔득 낀 마음도.

이제 만족하며 눈이 멀어 지낼 게 아니라
자신이 소수파에 속해야 한다는 사실을 다시 알게 된다!
그러고 나서 막차를 타라.
이 막차가 어둠 속으로 사라지기 전에……

아내의 잠꼬대

한밤중에 남자는 깜짝 놀라 잠에서 깼다.
옆에 누워 자던 아내가
마치 최후의 심판이라도 맞이한 듯한
웃음소리를 낸 것이다.

그는 아내가 한탄하는 소리를 들었지만
그럼에도 잠에서 깬 것은 아니라고 생각했다.
어둠 속에서 그는
아내가 외치는 소리를 들었다.

"왜 저를 빨리 죽이지 않나요?"
아내는 이렇게 묻고는 어린아이처럼 울었다.
아내의 울음소리는
꿈이 갇혀 있는 지하실에서 터져 나오고 있었다.

"도대체 몇 년 동안이나 더 저를 미워할 건가요?"
이렇게 외치고 아내는 섬뜩하게 누워 있었다.
"전 당신 없이는 살고 싶지 않아요.
절 죽일 셈인가요?"

아내의 물음은

스스로를 두려워하는 유령처럼 서 있었다.

밤은 어둡고 창문도 없었다.

밤은 무슨 일이 일어났는지도 모르는 것 같았다.

그(침대에 누워 있는 남편)는 정신이 멍해졌다.

꿈은 정직하다고 하지 않던가…… "어떻게 해야 하지!"

그는 다시는 밤에 깨지 않겠다고 결심했다.

그러고 나서 안심하고 잠들었다.

레싱

그가 쓴 것은 문학 작품이 되었다.
하지만 그는 문학 작품을 쓰기 위해 글을 쓰지 않았다.
목표는 없었다. 그는 방향을 찾았다.
그는 한 남자였을 뿐 천재는 아니었다.

그는 가발의 시대에 살았고,
자신도 가발을 썼다.
그 시대에도 명석한 두뇌들이 많이 나왔지만
그와 같은 두뇌는 없었다.

이후로 그와 필적할 만한 사람은 없었다.
그는 검 한 번 휘두르지 않았지만,
말로써 적을 무너뜨렸다.
그를 이길 수 있는 사람은 없었다.

그는 홀로 섰고 정직하게 투쟁했으며
시간의 창을 부수었다.
이 세상에서 홀로 용감하게 투쟁하는 것보다
더 위험한 것은 없다!

불신임 선언

당신들은 우리의 마음을 읽을 수 있다고 말하며
고개를 끄덕인다. 그리고 몸을 낮춘다.
당신들도 한때 젊은 시절이 있었다고 말한다.
그럴 수도 있겠지.

당신들은 축제 때 수염에 종이색종이를 달고
혼자가 아니라고 말한다.
그리고 자신들을 동지로 생각해 달라고 말한다.
그럴 수도 있겠지.

당신들은 양처럼 초원을 뛰어다니며
아이들과 윤무를 춘다.
그리고 자신들을 믿어도 좋다고 말한다.
그럴 수도 있겠지.

당신들이 우리를 사랑하든 미워하든
그건 단지 의무감 때문이다.
우리가 당신들을 믿어야 한다고?
아, 그럴 순 없다!

완연한 가을

이제 가을바람에 꽃씨가 흩날린다.
단풍잎이 바람에 흔들거린다.
거리는 마치 문이 열려 있는
복도와 같다.

일 년의 시간이 월부금과 같이 빠져나가 점점 줄어든다.
이제 거의 다 지나간다.
행하는 것이 업적이 되는 일은 드물다.
행하는 것은 짓거리가 되고 만다.

햇빛이 비치는 듯하다.
햇빛은 우리를 춥게 내버려 둔다. 햇빛은 겉으로만 비칠 뿐이다.
우리는 배를 움켜쥔다.
배에서 꼬르륵 소리가 나고 먹이를 원한다.

나뭇잎은 퇴색해 점점 누렇게 변하고
나뭇가지와 작별하고 떨어진다.
지구가 자전한다는 건
술을 마실 때면 분명히 알 수 있다.

사람들은 정말
세월처럼 흘러가기 위해 태어나는 것일까?
거리는 마치 문이 열려 있는
복도와 같다.

시간은 돌고 돈다.
우리는 한 발짝 한 발짝 시간을 쫓아가고
천천히 파멸해 간다.
사람들이 우리를 이끌고 우리는 함께 달린다.

사람들은 냉담한 표정으로 세상에 인사한다.
미소는 진심이 아니다.
단풍잎이 바람에 흔들거린다.
이제 비까지 내린다. 하늘이 흐느낀다.

사람들은 혼자고 계속 혼자일 것이다.
루트는 여행을 떠났다.
편지로 왕래할 뿐,
사랑은 이미 오래전 이야기가 되었다!

게임에서 완전히 졌다.
그럼에도 게임은 계속될 것이다.
거리는 마치 문이 열려 있는

복도와 같다.

비관주의자란, 딱 잘라 말하면

비관주의자란, 딱 잘라 말하면
어떠한 일에도 못마땅해 하는 사람이다.
그러한 점에서 그는 불만이 많은 사람이다.
뒤집어 보면, 그는 결국
(그리고 대체로) 모든 게 엉망이라도
기뻐할 수 있는 사람이다!

그런 사람 중 하나가
비관주의자가 어떤 사람인지,
무엇이 자신을 가장 기쁘게 하는지 설명해 주었다:
"사람들은 (그의 말에 따르면) 가장 불행한 순간인 태어나는 순간을 함께한다.
하지만 경험할 수 있는 가장 행복한 순간은 함께하지 못한다:
바로 장례식!"

교외에서의 이별

수천 번은 그녀와 함께였던……
가로등 아래에서 추위에 떨며 서 있다.
겁먹은 아이처럼 어둠 속으로 걸어가는 그녀에게
말없이 손을 흔든다.

이것이 마지막 인사라는 걸 알고 있다.
뒷모습을 보니 그녀는 울고 있다.
이 거리가 이렇게 삭막한 잿빛이었던가?
아, 보름달이 비춰 준다면.

불현듯 저녁식사를 함께하면 좋겠다는 생각이 들었지만
말도 안 되는 소리겠지.
어머니로부터 2년 동안이나 헤어지라는 소리를 들었던 그녀는
오늘 어머니의 말에 따른다. 그녀는 집으로 간다. 추위에 떨면서.

그녀는 기쁨과 위안 그리고 미소까지 몰고 간다.
소리쳐 부르고 싶지만 차마 입이 떨어지지 않는다.
그녀 또한 한마디 말을 기다린다!
그녀는 계속 걸어간다. 더는 뒤돌아보지 않는다.

여성 애호가

여성 애호가는 남자이긴 하지만,
그의 남성성은 한계가 있다.
그는 여성을 환대하긴 하지만,
다른 남자들은 이들에 대해 선을 긋는다.

여성 애호가는 여성들을 위해
시를 읊지만,
처음부터 그리고 전적으로
최종 성과는 포기한다.

그는 아무런 대가 없이 여성에게 봉사한다.
그는 여성 전체를,
사람보다는 사랑을 사랑한다.
한마디로 말해 채식주의자처럼 사랑한다!

그는 큰 소리로 웃지 않는다. 그는 거칠게 대하지 않는다.
다방면의 지식을 자랑하며 장보기를 돕는다.
다른 남자들과는 다른 눈으로 여자를 바라보며
한 폭의 그림을 만든다.

여성 애호가는 새롭게 등장한 부류가 아니다.
괴테도 이러한 부류를 확인시켜 주었다.
클레르헨은 에그몬트에 충실했고
에그몬트는 대개 영웅의 일을 추구했다.

그래서 브라켄부르크가 집으로 와서 시간을 보냈고
빨래를 널 때 도와주었다.
저녁에 그녀는 브라켄부르크를 내쫓았다.
괴테의 작품을 아는 사람은 왜 그랬는지 이해한다.

여성 애호가는 인기가 많다.
겸손하고 욕심이 없으며
보상을 원하지 않기 때문이다.
그냥 그 자리에 있으면서 사모할 뿐이다.

여성 애호가는 당신들을 주춧대 위에 세워
기념비로 만들고 성대하게 축성한다.
그러고는 단안경으로 바라보면서
근접할 수 없는 당신들의 모습에 감탄한다.

그들은 무릎을 꿇고 경배한다.
당신들은 하품을 하고 애써 밝은 표정을 짓는다.
다행히도 이따금씩 흔한 남자가 나타나

당신들을 무대에서 끌어내린다!

• 네덜란드 독립운동의 영웅 라모랄 폰 에그몬트 백작을 주인공으로 한 괴테의 5막 비극 「에그
몬트」를 말한다. 베토벤이 이 작품에 따라 작곡한 극음악 「에그몬트」로 유명해졌다. 네덜란드
를 지배하고 있던 스페인이 에그몬트 백작을 반역죄로 체포하자, 클레르헨은 에그몬트를 구출
하기 위해 시민들을 설득하지만 무위로 끝나고, 에그몬트 백작이 곧 처형된다는 소식에 독약을
마시고 자살한다. 브라켄부르크는 에그몬트를 사랑하는 클레르헨의 꽁무니를 따라다니며 짝사
랑하는 인물로 그려진다.

동창회

그들은 예전처럼
술집에서 다시 만났다.
벌써 10년이 지났다.
볼링 클럽과 같은 분위기에서
맥주를 마시고 (그리고 한바탕 흥을 냈다!)
서로 월급을 비교했다.

다리를 벌리고 앉아서
학창 시절을 이야기했고
연극에 대해 미친 듯이 떠들어댔다.
그들은 하나같이 배가 나왔다.
다들 부인도 있었고
아이가 다섯인 친구도 있었다.

그들은 거침없이 술잔을 비웠고 농담을 하고
머리는 모자를 쓰는 용도로만 달고 있었다.
그들은 큰 소리로 떠들고
혼연일체가 되었다.

하지만 이내 마음은 허전해졌고

더 이상 할 말이 없어졌다.

급기야 그들은 부인의 몸매와 가슴과
그와 같은 것들에 대해
시시콜콜 칭찬을 늘어놓았다.
이제 겨우 서른이지만 이미 너무 늦었다!
그들은 완전히 숨이 멎지 않은 시체와도 같이
다리를 벌리고 앉아서 거드름을 피웠다.

자리가 끝나갈 무렵,
한 친구가 갑자기 일어나
진절머리가 난다고 말했다.
너희 모두 수염이 더 많이 나고
너희들을 닮은 수백 명의 자식을 갖기를 바란다고 말했다.
그러고는 이제 자러 간다며 자리를 떠났다.

다른 친구들은 그가 왜 갑자기 가 버린 건지
영문을 알 수 없었다.
그들은 그의 이름을 지웠다.
그들은 일요일 아침 사냥터로
야유회를 떠날 계획을 세웠고,
이번에는 부인들을 대동하기로 했다.

고요한 방문

얼마 전 그의 어머니가 집에 들렀다.
어머니는 겨우 이틀만 머물 수 있었다.
어머니는 그림엽서를 써야 한다고 말했고
그는 어머니 곁에서 두꺼운 책을 읽었다.

물론 그는 집중하지 않았다.
지나가는 버스와
강가에서 날아다니는 황금빛 나비와
떠가는 증기선을 바라보았다.

어머니는 고개를 숙인 채
그의 아버지에게 편지를 썼다:
"오늘밤 우리는 연극을 보러 갑니다.
에리히가 연극표 두 장을 선물 받았어요."

그는 열심히 책을 읽는 시늉을 하고 있었다.
그는 주변을 둘러보다가 먼 곳을 바라보았다.
하늘과 수많은 별
그리고 별 아래 앉아 있는 늙은 여자를 보았다.

어머니는 살며시 웃으며 아들을 방해하지 않으려 조용히 앉아
있었다.

아들이 무얼 하는지도 모른 채.

도시와 별들은 마치 무대 배경 같았다.

부엌의 의자는 왕좌처럼 보였다.

그 광경이 그를 사로잡았다. 그는 멀리 바라보며 생각에 잠겼다.

나에게 편지를 쓸 때도,

어머니는 지금처럼 저렇게 고개를 숙일 거야.

그러고 나서 그는 계속 책을 읽었다. 한 줄도 머리에 들어오지 않
았다.

어머니는 식탁에 앉아 글을 썼다.

그녀는 진지한 표정을 지으며 안경을 다시 눌러 썼다.

고요 속에서 펜이 종이를 긁는 소리가 났다.

그는 마음속으로 말했다: 주여, 어머니를 정말 사랑합니다!

비 오는 날의 시 낭송

비가 그칠 줄 모르고 내린다.
끝이 보이지 않는 실처럼 내린다.
두개골이 얇은 사람이라면
뇌 속으로 비가 파고들 것 같다.

목구멍이 간질간질하고 등이 뻐근하다.
박테리아들이 모여 우는 것 같다.
비가 서서히 심장까지 파고든다.
장차 어떻게 될까?

비가 피부를 뚫고 들어온다.
우리를 굴복시키는 이 우울증은
다른 많은 것들과 마찬가지로 피하조직에서 만들어진다.
우리는 이렇게 침투성 체질이다.

여러 주 전부터 지평선 멀리에서 구름이 잔뜩 몰려들었다.
전면이 갈색인 건너편 새 건물은
비로 인해 매일매일 창백해진다.

이제 황금빛으로 변한다.

태양은 가동이 중단되었다.
더 이상 살아 숨 쉬지 않는 것 같다.
아, 슬프게 터벅터벅 걸어가는 가로수 길은
서늘하고 인적이 없다.

침대로 기어들어 간다.
그러는 편이 빗속에 초라하게 서 있는 것보다 낫다.
이런 날이 계속된다면
정말 큰일이다.

짧은 주일 설교

일요일이 되면
월요일자 신문이 생각나
근심이 생기고
짜증이 난다.

일요일에 분명
살인 사건이 스무 건은 발생한다!
신문을 읽는 사람은
월요일에 이 모든 걸 읽을 수밖에 없다.

질투와 비열함은
거의 일주일 내내 침묵하다가
일요일 아침부터 밤 사이
새 시대를 연다.

그때 이외에는 누구도
그런 일을 할 시간이 없다.
하지만 일요일은 휴일이고
사람들은 제멋대로 행동한다.

이제 사람들은 시간을 내어
산책하고 빈둥거리다가
자신의 아내와 싸움을 하고
아내든 누구든 죽이기까지 한다.

비열한 살인자처럼
자신과 가족을
곧바로 무용지물로 만들어 버리는 것이
진정 온당한 일이란 말인가?

아, 대부분의 사람들은
지루함을 참지 못한다.
무료함이 그들을 눈멀게 한다.
그때 이런 일이 일어나는 것이다.

그들이 의무도 목표도 궁핍도 없는
천국에 산다면,
첫 번째 결과는 이것이다:
만인이 만인을 죽인다.

슈나벨의 포크 이야기

크리스티안 레베레히트 슈나벨을 아시나요?
나는 그를 알고 있습니다.
그 사람 이전에는 네 갈래짜리 포크,
세 갈래짜리 포크가 있었고
두 갈래짜리 포크도 있었습니다.
크리스티안 레베레히트 슈나벨,
바로 이 사람이
어느 잠 못 드는 날에 한 갈래짜리 포크를
발견 내지는 발명했습니다.

가장 쉬운 것이 언제나 가장 어려운 법입니다.
한 갈래짜리 포크는
수백 년 전부터 누구나 쉽게 생각할 수 있었습니다.
하지만 크리스티안 레베레히트 슈나벨은
한 갈래짜리 포크를 발명한
첫 번째 사람입니다!

사람들은 아이와도 같습니다.

크리스티안 레베레히트 슈나벨은

그 포크로 인해
모든 발견자들 내지는 발명가들과 같은 운명을 겪었습니다.

슈나벨의 한 갈래짜리 포크는
아무짝에도
쓸모가 없다는
평가가 내려진 것입니다.

슈나벨의 한 갈래짜리 포크는
실용적이지 않으며
포크질을 하기에도
쉽지 않다고 말입니다.

사람들은 슈나벨이
한 갈래짜리 포크를 발견 내지 발명했을 때
어떤 구체적인 것을 겨냥했다고 믿었습니다!
저런!

그는 실제적인 것을 염두에 두지 않았습니다.
(이 때문에 그는 기분이 좋지 않았습니다.)
그에게 중요한 건 원칙이었습니다!
이러한 점에서 슈나벨과 그가 발명한 포크는
당연히 옳았습니다.

현대적인 동화

그들은 서로 매우 사랑했다.
마치 소설에서나 나오는 것처럼.
그녀는 돈이 없었고 그도 빈털터리였다.
그들은 결혼식을 올렸고 웃으며 하나가 되었다.

그는 직장이 없었다. 그래서 그들은 계속 가난했다.
겨우 일주일에 두 번만 따뜻한 식사를 할 수 있었다.
그럼에도 그는 그녀를 "나의 예쁜 나비"라 불렀고
그녀는 그에게 여건이 될 때마다 자식을 안겨주었다.

그들은 가구가 딸린 방에서 살았고 아파 본 적이 없었다.
아이들은 옷장에서 잠을 잤고
성탄절이 되면 색연필로
벽에다 선물을 그렸다.

그들은 딱딱한 빵도 마치 제과점의 케이크처럼 먹었고,
거위구이처럼 맛이 좋다고 연기했다.
그와 같은 일은 상상력을 키워 주기 마련이다.
그 덕분에 남편은 일약! 천재가 되었다.

그는 멋진 소설을 썼고 많은 돈을 벌었으며
세상에서 가장 부유한 사람이 되었다.
처음에 그들은 자랑스러워했지만, 곧 슬퍼졌다.
부가 그들의 웃음을 앗아가 버렸기 때문이다.

그래서 그들은 가진 돈을 모두 어느 고아에게 주었다.
그들이 아직도 살아 있다면……

조부모의 방문

우리는 자식에게 충분한 시간을 쏟지 못한다.
(우리는 더 이상 걸을 수 없을 때가 되어서야 비로소 앉을 수 있다.)
손자손녀가 생기고 나서야
조금이나마 자식들을 이해할 수 있다.

모래를 가지고 즐겁게 놀면서 모래 과자도 구우렴!
너희들은 그렇게 멀리 있으면서도 가까이 있다.
마치 심연을 넘어
낯설고 신기한 정원을 보는 것처럼.

모래를 가지고 씩씩하게 놀면서 환상도 품어 보렴!
너희들도 또 우리 노인들도 잘 알고 있다:
환상을 만들 수는 있지만 그 안에서 살면 안 된다는 것을.
아, 어른이 되어서도 그런 지혜를 갖기를!

우리는 훗날에도 너희들을 지켜 주고 싶다.
세상에는 너희들을 위협하는 것이 많으니까 말이다.
하지만 우리의 소망은 우리에게도 또 너희들에게도 아무런
소용이 없을 테지.

너희들이 어른이 되면 우리는 이미 이 세상에 없을 테니 말이다.

1입방킬로미터로 충분하다

어느 수학자가
가로, 세로, 높이 1천 미터의
견고한 상자를
만들 때가 되었다고 주장했다.

그가 쓴 글의 핵심은
이 입방킬로미터의 상자 안에
현재 살고 있는 사람 전체(약 20억 명)가
들어간다는 것이다!

따라서 인류 전체를
이 상자에 들어가게 한 다음,
이를 남미의 코르딜레라스산맥과 같은
매우 깊은 심연으로 내던진다는 것이다.

그렇게 되면 우리는 주사위 모양의 상자로
거의 눈에 띄지 않은 채로 바닥에 놓인다.
인류 위에는 풀이 자랄 수 있고
그 위로는 모래가 바람에 나부낄지도 모른다.

독수리 떼가 날카로운 소리를 내며 빙빙 돌고

거대한 도시들은 텅 비게 될 것이다.

인류는 코르딜레라스산맥에 놓여 있게 된다.

하지만 이 사실을 아는 사람은 아무도 없을 것이다.

캐스트너 씨, 긍정은 어디에 있나요?

여러분은 계속 내게 편지를 보냅니다.
굵은 밑줄을 그어 이렇게 말씀하시죠:
"캐스트너 씨, 긍정은 어디에 있나요?"
그래요, 긍정이 어디에 있는지 누가 알겠습니까.

여러분은 여전히 선한 것과 아름다운 것에
소파의 빈자리를 내어 줍니다.
여러분은 현명하면서도 용감한 태도에
익숙해지려고 하지 않습니다.

여러분은 또다시
마른 빵에 바를 바셀린을 필요로 합니다.
여러분은 또다시 경건한 표정으로 말합니다:
"천국이 새롭게 열린다!"

여러분은 고통에 설탕을 뿌립니다.
그러고는 설탕으로 고통이 사라지리라 생각합니다.
여러분은 또다시 심장 앞에 발코니를 세웁니다.
그러고는 발버둥치는 영혼을 굴복시킵니다.

인류는 파괴되고 있습니다.

집도 국가도 세계도 마찬가지입니다.

여러분은 내가 이 상황을 근사한 운율에 맞춰 시 짓기를 원합니까?

그렇다면 그것이 잘 버텨 주리라 생각하나요?

나는 속이고 싶지 않습니다. 나는 속이지 않을 겁니다.

시대는 암울합니다. 나는 여러분을 거짓말로 속이지 않습니다.

거짓말 장사를 하는 사람은 많습니다.

원가로 물건을 내놓지요.

온몸에 햇빛을 쪼이고

근심은 종이에 싸서 버리세요!

어서 하세요. 서둘러야 합니다.

그렇게 하지 않으면 근심은 여러분보다 더 커질 겁니다.

이 시대는 죽어 가고 있습니다. 곧 매장될 겁니다.

동쪽에서는 벌써 관을 짜고 있습니다.

여러분은 그걸 즐길 작정인가요……?

묘지는 유원지가 아닙니다.

대포가 꽃피는 나라를 아시나요?

대포가 꽃피는 나라를 아시나요?
모른다고요? 곧 알게 될 겁니다!
그곳에는 병영 같은 사무실에서
거만하고 당당한 표정을 한 지배인들이 버티고 서 있습니다.

그곳에서는 사람들이 넥타이 밑에 상병들이 다는 단추를 붙이고
다닙니다.
그곳 사람들은 모자를 쓰고선 철모를 썼다고 생각합니다.
그곳 사람들은 얼굴은 있지만, 머리는 없습니다.
잠자리에 드는 사람들은 더 많은 병사를 번식합니다.

그곳에서는 상관이 무언가를 원하면
— 무언가를 원하는 것이 바로 그의 직업입니다 —,
먼저 사람들의 판단력이 굳어지고 그다음에는 아예 멈춥니다.
우로 봐! 누워서 굴러!

그곳에서는 아이들이 작은 박차를 달고
가르마를 탄 상태로 태어납니다.
그곳에서는 민간인으로 태어나지 않습니다.

그곳에서는 주둥이를 닥치는 자만이 승진합니다.

그 나라를 아시나요? 행복한 곳일 수도 있습니다.
그 나라는 행복한 곳일 수도 있고 사람들을 행복하게 해 줄 수도 있습니다!
그곳에는 논과 밭, 석탄, 철, 돌이 있고
근면과 힘 그리고 다른 멋진 것들이 있습니다.

그곳에는 가끔 맑은 정신과 선량한 마음을 가진 사람들도 있습니다!
그리고 참된 영웅도 있지요. 아주 드물지만 말입니다.
그곳에서 두 남자 중 하나는 아이와 같은 마음을 가지고 있습니다.
그 아이는 납으로 만든 장난감 병정을 가지고 놀지요.

그곳에서는 자유가 자라지 않습니다. 자유는 설익은 채 남아 있습니다.
사람들이 짓는 건 언제나 병영이 됩니다.
대포가 꽃피는 나라를 아시나요?
모른다고요? 곧 알게 될 겁니다!

옮긴이의 글

시공을 초월한 시대의 목소리
에리히 캐스트너의 삶과 시

이 책은 에리히 캐스트너(1899~1974)가 1936년에 발표한 시집 『에리히 캐스트너 박사가 시로 쓴 가정상비약Doktor Erich Kästners Lyrische Hausapotheke』을 우리말로 옮긴 것이다. 에리히 캐스트너는 독일 바이마르 공화국 후반기인 1928년 첫 시집 『허리 위의 심장Herz auf Taille』을 발표해 선풍적인 인기를 끌었고, 1929년 『거울 속의 소란Lärm im Spiegel』, 1930년 『한 남자가 털어 놓는다Ein Mann gibt Auskunft』, 1932년 『어느 편에도 속하지 않는 노래Gesang zwischen den Stühlen』를 계속해서 발표했다. 이 시집들은 "캐스트너가 등장한 이후 사람들이 다시 시를 읽기 시작했다"는 말이 생길 정도로 폭발적인 반응을 얻었다.

『에리히 캐스트너 박사가 시로 쓴 가정상비약Doktor Erich Kästners Lyrische Hausapotheke』은 이미 출간된 시집에서 대표 시들을 뽑고 새롭게 쓴 시들을 추가해 펴낸 시집이다. 에리히 캐스트너는 히틀러가 정권을 잡은 이후 독일에서 출판 활동이 금지되어 스위스에서 이 시집을 출간했다. 이 시집은 바르샤바 게토에서 유대인들이 손으로 직접 써서 돌려가며 읽었다. 절망적인 상황 속에서도 유대인들에게 위안과 용기를 준 당시의 필사본 중 하나가 지금도 폴란드 국립박물관에 전시되어 있다. 오늘날까지도 독일에서 스테디셀러로 꾸준히 읽히며 독일 국민들의 사랑을 받고 있다.

우리나라에서는 1988년에 저작권 계약 없이 처음 출간되어 100만 부 이상 판매되었고, 이후 정식 계약판으로 2004년에 다시 출간된 적이 있다. 이 초기 번역판의 문제점에 대해서는 박홍규 교수가 쓴 『에리히 캐스트너 평전―삶을 사랑하고 죽음을 생각하라』(필맥, 2004)에 자세히 나와 있다. 이 책은 이전 번역판의 오류를 바로잡고 누락된 시와 구절을 새로 옮겨 원본에 충실한 번역을 하고자 노력한 결과물이다.

에리히 캐스트너는 독일 드레스덴에서 피혁수공업자로 일했던 아버지와 부업으로 생계를 도운 어머니 사이에서 태어났다. 어머니는 미장원을 개업해 아들의 학업을 도왔고 아들이 성인이 되어서도 우편으로 옷을 받아 세탁해 다시 보낼 정도로 아들 사랑이 각별했다. 이런 내막은 이 책에 실린 여러 편의 시에도 나타난다.(102쪽 참조)

에리히 캐스트너는 교사가 되고자 사범학교에 진학했다가 제1차 세계대전에 징집되었다. 그는 사범학교의 억압적인 교육 방식으로 인해 교사의 꿈을 접게 되고 교육 제도 전반에 대해 비판적인 시각을 갖게 되었다. 이때의 교육 방식에 대해 에리히 캐스트너는 "국가는 최고의 효율성을 추구하는 교육 정책을 펼쳤다. 연금을 보장해 주는 대가로 맹목적으로 복종하는 소시민적 공무원을 양성했고 (……) 우리 교육은 하사관학교에서처럼 진행되어 학교가 병영과도 같았다"고 말한 바 있다. 그는 이런 분위기를 견디지 못해 무단결석한 적도 있었고 "모범생"이었던 것을 후회하기도 했다.(107쪽, 145쪽 참조)

제1차 세계대전 참전은 에리히 캐스트너에게 군국주의에 대한 환멸을 심어 주었고, 혹독한 군사훈련은 평생 정기적인 치료를 요하는 심장병을 남겼다. 특히 폭군처럼 지휘했던 상관 바우리히 중사에 대해서는 다음과 같은 시로 비판하고 있다.

바우리히 중사

12년 전
그는 우리의 중사였다.
그에게서 우리는 "받들어 총!"을 배웠다.
한 병사가 넘어지면 그는 비웃으며
모래 위에 쓰러진 병사에게 침을 뱉었다.

"무릎 꿇어!"가 그가 가장 좋아한 말이었다.
이백 번도 더 외쳤다.

그럴 때면 우리는 황량한 연병장에서 서 있다가
골리앗처럼 무릎을 꿇고
증오를 배웠다.

기어가는 병사를 보면
상의를 낚아채고는
"이 얼어 죽을 놈!"이라고 으르렁거렸다.
그렇게 시간은 흘렀고
우리는 청춘을 값싸게 팔아 넘겼다……

그는 재미삼아 나를 모래밭 속에 뒹굴게 했고
뒤에서 지켜보며 물었다:
"내 권총을 빼앗아서
당장 나를 쏘아 죽이고 싶겠지?"
나는 "예!"라고 말했다.

그를 아는 사람은 결코 그를 잊지 못할 것이다.
우리는 그를 마음에 새기고 있다!
그는 짐승이었다. 침을 뱉고 소리를 질러댔다.
바우리히 중사는 짐승으로 불렸다.
우리 모두는 왜 그런지 안다.

그는 내 심장을 망가뜨렸다.

나는 결코 용서하지 않을 것이다.

지금도 심장이 쑤시듯이 아프고 두근두근 뛴다.

잠들기 전 무서운 생각이 들 때면

그가 떠오른다.

이상이 「바우리히 중사」라는 시의 전문이다. 굳이 이 시를 소개한 이유는 이전 번역판의 오류 때문이다. 이전 번역판에서는 마지막 연에서 원문에는 없는 다음과 같은 행을 덧붙였다. '참호 속으로 날아 들어온 수류탄을 / 몸으로 덮어 우리를 살리고 / 그는 산산이 부셔졌습니다.' 에리히 캐스트너에게는 악몽이었던 바우리히 중사를 영웅으로 둔갑시켜 놓은 것이다. 아직도 소셜미디어에서는 이 마지막 구절을 언급하며 엉터리 "감동"을 이야기하는 경우가 있다. 이제 이런 부끄러운 일이 더 이상 반복되지 않기를 바란다.

에리히 캐스트너는 제1차 세계대전이 끝난 후 라이프치히대학교에서 독문학을 전공해 박사학위를 받았다. 박사과정 중에 신문사 기자가 되었고 여러 일간지와 잡지에 시를 발표했다. 그리고 1927년 베를린으로 거처를 옮겨 본격적인 저술 활동을 시작하게 된다. 당시 베를린은 용광로와 같은 도시였다. 어려웠던 독일 경제가 다소 안정되면서 베를린은 "황금의 20년대"를 맞아 유럽의 문화 중심지가 되었다. 연극 극장과 영화관이 폭발적으로 늘어났고 라디오가 대량 보급되었으며 신문과 잡지 등 정기간행물의 출간이 비약적으로 늘어남으로써 대중문화가 활짝 꽃피던 시기였다. 하지만 1929년 미국

대공황의 여파로 독일 경제는 또다시 위기를 겪는다. 실업자가 400만 명이 넘어서고 극우파인 히틀러의 나치당과 극좌파인 공산당 사이에 무력 충돌이 빈번하게 벌어질 정도로 극심한 혼란기가 도래한 것이다. 이 시기에 에리히 캐스트너는 풍자소설 『파비안—어느 모럴리스트의 이야기』(1931)와 아동소설 『에밀과 탐정들』(1929), 『펑크트헨과 안톤』(1931), 『하늘을 나는 교실』(1933) 등을 발표해 베스트셀러 작가로서 우뚝 서게 된다. 에리히 캐스트너가 이렇게 아동문학에 집중했던 이유는 투쟁 구호만 난무하고 미래를 위한 대안을 찾기 어려웠던 당시 상황에서 "어린 시절의 소중한 가치들을 질식시키지 않는다면 인류가 더 나은 방향으로 변화될 수 있을 것이라는 희망"을 품었기 때문인 것으로 짐작된다.(클라우스 코르돈, 『망가진 시대』, 131) 이런 염원에 화답하듯 현재 독일 전역에서 115개 이상의 학교가 에리히 캐스트너의 이름을 학교명으로 내걸고 있다.

1933년 히틀러가 정권을 장악하면서 '블랙리스트'에 오른 에리히 캐스트너는 집필 금지를 당하는 것은 물론 그해 5월 10일, 나치에 의해 자신의 책이 불타는 것을 직접 지켜보게 된다. 이렇듯 자유와 평화를 노래하며 사회의 불의를 비판했던 에리히 캐스트너의 진면목에 대해서는 친구였던 작가 헤르만 케르텐이 다음과 같은 말로 증언하고 있다.

"우리는 둘 다 급진적이긴 했으나 마르크스주의자는 아니었다. 우리는 어떤 정치적인 당파에도 가입하지 않았지만 정치적으로 그리고 문학적으로 정의와 자유의 편에 서서 모든 사회적인 억압, 군국주의, 쇼비니

즘, 비인간성에 맞서 싸웠다."(클라우스 코르돈, 『망가진 시대』, 102)

신즉물주의

에리히 캐스트너는 흔히 신즉물주의를 대표하는 작가로 꼽힌다. 신즉물주의는 1920년대 후반 독일에서 일어난 예술 운동으로, 감정 표현을 억제하고 냉정한 관찰과 사실적이고 정확한 묘사를 강조하였다. 에리히 캐스트너의 시에서도 친숙한 일상어 구사나 주변에서 접할 수 있는 대상을 건조하고 냉정하게 묘사하는 경향이 두드러진다. 이는 결국 문학이란 동시대의 아픔을 담을 수 있어야 하며, 가장 쉬운 말로 재미와 감동을 줄 수 있어야 한다는 소신으로 이어졌다.

이런 경향이 잘 나타나는 시가 바로 이 시집에 수록된 「냉정한 로맨스」이다. 이 시는 독일의 중, 고등학교 교과서에 실려 '국민 시'로 애송되고 있다.

사귄 지 8년이 되었을 때

(하여 서로를 정말 잘 아는 사이라고 말해도 되리라),

그들은 갑자기 사랑을 잃어버렸다.

곁에 있던 지팡이나 모자를 잃어버린 것처럼.

그들은 슬펐지만 애써 밝은 표정을 지었고

아무 일도 없었던 것처럼 키스를 하고

서로를 쳐다볼 뿐, 어찌할 바를 몰랐다.

여자가 끝내 울음을 터뜨렸다. 남자는 그저 옆에 서 있을 뿐.

창문 너머로 지나가는 배에 손짓하는 사람이 있었다.

벌써 4시 15분,

커피 마시러 갈 시간이 되었다고 남자는 말했다.

옆방에서는 누군가 피아노 연습을 하고 있었다.

두 사람은 근처 자그마한 카페로 들어가

찻잔을 저었다.

저녁이 되어도 그들은 여전히 자리를 지키고 있었다.

텅 빈 카페에 앉아 아무 말도 하지 않았다.

어쩌다 이렇게 되었는지 도무지 알 수 없었다.

이 시는 에리히 캐스트너가 직접 경험했던 사랑과 이별의 슬픔을 담담하게 이야기한다. 절제된 감정 표현이 오히려 더 절실한 울림을 준다. 거의 100년이 되었지만 지금도 바로 감정이입이 가능하다. 이 시의 모델이 된 연인 일제 율리우스Ilse Julius는 평생 독신으로 지냈다고 한다.

에리히 캐스트너의 시 중에서 역설paradox을 담은 아포리즘은 매우 평이한 비유와 상징으로 반어적 위트를 이야기하며 읽는 이의 삶을 되돌아보게 만든다. 이 시집의 맨 앞에 등장하는 「덫에 걸린 쥐에게」와 마찬가지로 「도덕」이라는 시 또한 곱씹을수록 묘미가 되살아

난다.

선은 없다,
예외는 있다: 우리가 선을 행할 수는 있다!

이 시는 독일어 원문이 2행으로 구성되어, 각 행이 네 단어로 각
운(Gutes/es)을 이루고 있다. 원문은 다음과 같다.

Es gibt nichts Gutes,
außer: Man tut es.

첫 행은 우리가 경험적으로 아는 세상에 대해 '선은 없다'고 규정
을 내린다. 두 번째 행에서는 이러한 규정이 너무 부정적이고 잔인
하다고 느끼기라도 한 것처럼 '그래도 선은 존재할 수 있다'는 의미
의 예외를 설정한다. 하지만 이 두 번째 행은 첫 행과는 달리 그 자
체로 진리라고 말할 수 없고 실행될 때에야 비로소 참이 된다. 다시
말해 우리가 저자의 요청을 이행할 때 참이 되는 것이다. 이렇게 해
서 두 행이 역설을 말하지만 서로 모순되지 않는 효과를 발휘한다.
독일의 저명한 정치학자이자 언론인 돌프 슈테른베르거는 이 시를
"작은 걸작Meisterwerkchen"이라고 극찬하며 철학자 이마누엘 칸트의 경
지로 끌어올린다. 칸트는 『실천이성비판』 서문에서 자신의 책은 순
수실천이성이 있다는 것만을 밝히고, "이성이 순수이성으로서 실제
로 실천적이라면 자기의 실재성을 (……) 행위를 통해 증명하고, 그

런 가능성에 반대되는 일체의 궤변은 헛된 것이다"라고 말한 바 있다. 돌프 슈테른베르거는 이 구절을 인용하면서 칸트와 캐스트너의 역설은 동일하다고 주장한다. "이성이 있다는 것은 오직 행위를 통해서만이 증명된다. 이성은 하나의 사실이나 존재 또는 본질로서는 세상에 존재할 수 없다. '예외는 우리가 선을 행할 수는 있다'는 것이다."(참고: Dolf Sternberger, Die praktische Vernunft in einer Nuß, in: Frankfurter Anthologie. Bd. 7. Frankfurt am Main, S. 199~202)

좌파 멜랑콜리

에리히 캐스트너는 학계와 일반 독자의 평가가 극명하게 엇갈리는 작가였다. 그가 쓴 시와 소설 그리고 아동소설들은 전 세계 30여 개국에서 번역되었고, 영화화되거나 연극 무대에 올려져 독일은 물론 전 세계인들의 사랑을 받고 있지만, 독일 학계의 평가는 인색했다. 이런 평가에는 발터 벤야민이 1931년에 발표한 서평이 큰 역할을 했다. "좌파 멜랑콜리—에리히 캐스트너의 새 시집에 대하여"라는 제목의 이 서평에서 벤야민은 캐스트너에 대해 "불만에 차 있고 우울하며" "판에 박힌 우울증"을 토로하고 "몰락하는 시민계급으로서 프롤레타리아 계급을 모방한다"고 진단한다. 나아가 "정치적으로는 정당이 아니라 패거리를, 문학적으로는 유파가 아니라 유행을, 경제적으로는 생산자가 아니라 중개인을 만드는 데" 기여하고, 혁명을 외면하고 "오락과 유흥"에 탐닉하고 있다고 비판한다. 캐스트너가 표방하는 "이러한 좌파 급진주의는 엄밀하게 말해 그 어떤 정치적 행동"도 할 수 없다고 말하면서 2천 년 동안 변신해 온 멜랑콜리의 마지막 모습이라고 결론을 내린다. 우리는 이러한 서평을 읽으면 이 서평을 쓴 사람이 발터 벤야민, 탁월한 문화비평가이자 문학이론가였던 바로 그 발터 벤야민이 맞는지 의심하게 된다. 이 서평에서는 문학이 정치와 계급투쟁의 도구로 전락해 있다. 그리고 정작 캐스트너 시집에 대한 서평임에도 시에 대한 분석은 찾아볼 수 없다. 또 좌파와 우파의 극한 대립이 팽배했던 당시 상황에서 우파가 아니라 오히려 연대해야 할 캐스트너와 같은 좌파 진영의 인물에 대해 이데올로기 공격을 했다는 것도 이해하기 어렵다. 벤야민은 "멜랑콜리"에 대해서 "나태함과 둔감함"의 성향이 있지만 "다른 한편으로 지성과 명상의 힘"이 있다고 말한 바 있다.(『독일 비애극의 원천』, 224) 이 책에 실린 캐스트너의 시를 읽은 독자라면 벤야민이 말한 멜랑콜리의 긍정적인 요소인 "지성과 명상의 힘"을 어렵지 않게 확인할 수 있을 것이다.

더더욱 놀라운 것은 이러한 벤야민의 비판이 벤야민과 유사한 입장을 견지하는 좌파 성향의 학계 인사들에 의해 답습되었다는 사실이다. 현실 사회주의가 몰락한 이후에야 비로소 이러한 편향되고 왜곡된 평가가 수정되고 있는 것은 그나마 다행인 일이다. 1999년 캐스트너의 탄생 100주년을 맞이해 새롭게 출간된 전집과 영화 제작 및 상영, 언론의 집중 조명 그리고 다양한 기념행사로 '캐스트너 르네상스'라는 말이 나온 것도 이러한 재평가 작업의 일부로 볼 수 있다.

나치가 지배한 독일에서 대부분의 좌파 성향 작가들은 외국으로 망명했지만, 에리히 캐스트너는 독일에 머물렀다. 독일에 남아 한편으로는 어머님을 보살피고자 했고 또 다른 한편으로는 시대의 목격자로서 대하소설을 쓰고자 했지만 뜻을 이루지는 못했다.

제2차 세계대전이 끝난 후 에리히 캐스트너는 1949년 독일 펜클럽 회장으로 선출되었고, 1956년 뮌헨시 문학상을, 1957년 게오르크 뷔히너 문학상을 수상했으며, 1960년에는 안데르센 문학상을 수상했다. 노년에 이르러서도 자유와 평화를 위해 목소리를 높였고, 반전 및 반핵운동을 펼치다가 1974년 세상을 떠났다.

참고 문헌

발터 벤야민 지음, 김유동·최성만 옮김, 『독일 비애극의 원천』, 한길사, 2009.

발터 벤야민 지음, 윤미애·최성만 옮김, 『브레히트와 유물론』,(발터 벤야민 선집8), 도서출판 길, 2020.
　(이 책에 벤야민의 서평 「좌파 멜랑콜리―에리히 캐스트너의 새 시집에 대하여」가 수록되어 있다.)

탁선미, 「대중매체와 대중적 작가―에리히 캐스트너와 그의 문학」, 독일문학 제87집(2003),
　169~191.

박홍규 지음, 『에리히 캐스트너 평전―삶을 사랑하고 죽음을 생각하라』, 필맥, 2004.

클라우스 코르돈 지음, 배기정 옮김, 『망가진 시대』, 시와진실, 2004.

최성일 지음, 『책으로 만나는 사상가들』, 한국출판마케팅연구소, 2011.

단숨에 읽을 수 있는, 믿을 수 없을 만큼 흥미진진한 교양서!

누구나 교양 시리즈

세계사,
최대한 쉽게 설명해 드립니다

세계사의 흐름을 머릿속에
저절로 그릴 수 있게 하는
독일의 국민역사책

철학,
최대한 쉽게 설명해 드립니다

스스로 생각하는
힘을 키워 주는
철학 교양서

종교,
최대한 쉽게 설명해 드립니다

문학·역사·철학·과학의
시각으로 들여다보는
세상의 모든 종교

국립중앙도서관 서평전문가 추천도서

그리스 로마 신화,
최대한 쉽게 설명해 드립니다

그리스 로마 신화의
맥을 잡아 주는
50가지 재미있는 강의

**전쟁과
평화의 역사,**
최대한 쉽게 설명해 드립니다

전쟁의 역사에서 찾아내는
평화의 비밀

전국역사교사모임 추천도서

행복의 공식,
최대한 쉽게 설명해 드립니다

전 세계 언론이 격찬한
행복 사용설명서

윤리,
최대한 쉽게 설명해 드립니다

전 세계 30개 국
100만 청소년들의
윤리 교과서

우주의 역사,
최대한 쉽게 설명해 드립니다

경이롭고 가슴 벅찬
우주와 인간의 이야기

정치,
최대한 쉽게 설명해 드립니다

자유로운 개인들의
사회적 연대를 위한
정치 교과서